TARQUIMPOL

DU MÊME AUTEUR

Le Procès de Kafka et Le Prince de Miguasha, théâtre, Alto, coll. Voce, Québec, 2005.

Tu n'as que ce sang, poésie, Mémoire d'encrier, Montréal, 2005.

Les Baldwin, nouvelles, L'instant même, Québec, 2004.

L'ange au berceau, roman, L'instant même, Québec, 2002.

La tierce personne, roman, L'instant même, Québec, 2000.

La longue portée, roman, L'instant même, Québec, 1998.

Serge Lamothe

Tarquimpol

Alto

Catalogage avant publication de Bibliothèque et Archives Canada

Lamothe, Serge, 1963

   Tarquimpol

   ISBN 978-2-923550-04-6

   I. Titre.

PS8561.L665T37 2007   C843'.54   C2007-940103-1
PS9561.L665T37 2007

Les Éditions Alto remercient le Conseil des Arts du Canada
pour son soutien financier.

L'auteur remercie le Conseil des arts et des lettres du Québec
pour son soutien financier pendant la rédaction de ce livre.

Illustration de la couverture :
Maggie Taylor, *The Poet's House*, 1999
www.maggietaylor.com   .

ISBN : 978-2-923550-04-6

L'auteur se cache, mais on peut l'apercevoir en soulevant la trappe qui est là. L'auteur est derrière, au bout d'un long tunnel mal éclairé, penché sur un cahier d'écolier, dans un réduit étroit et si bas de plafond qu'il doit se recroqueviller tel un escargot. Un espace a même dû être aménagé au niveau du plancher pour que l'auteur puisse, à l'occasion, étendre une jambe pour la dégourdir ; car l'auteur travaille nuit et jour dans cette position inconfortable et les fourmillements sont inévitables en pareille circonstance. Il ne peut évidemment étirer qu'une jambe à la fois et même si cette liberté de mouvement lui est d'un grand réconfort, il lui arrive de rêver qu'un jour l'anfractuosité sera assez large pour qu'il puisse déplier ses deux jambes. Il occupe ses rares moments de loisir à gratter le béton de sa jambe libre, mais sa bottine est si usée – on ne peut d'ailleurs presque plus affirmer qu'il s'agit à proprement parler d'une bottine – qu'il ne progresse guère que d'un millimètre ou deux par année.

Pour l'instant, l'auteur écrit. C'est-à-dire qu'il se consacre à une tâche qu'il estime nécessaire, mais dont il ne sait presque rien.

À n'en pas douter, l'auteur soupçonne quelque chose.

Tu as écrit *Tarquimpol* sur la couverture de ce cahier. C'est également l'inscription que l'artiste a peinte au fond du cendrier qui est posé devant toi sur ta table de travail. Tu n'es jamais allé à Tarquimpol, mais tu as d'excellentes raisons de croire que l'écrivain Franz Kafka y a séjourné pendant l'été 1911 alors qu'avec son ami Max Brod il se rendait à Paris.

Tu es à Soyons, en Ardèche, dans la vallée du Rhône, à moins de dix kilomètres au sud de Valence. Tarquimpol n'est même pas un bled du coin. Situé bien plus au nord. En Lorraine, pour être précis. On t'a dit que c'est un lieu de villégiature très apprécié. On s'est peut-être bien foutu de ta gueule, car le village de Tarquimpol occupe une presqu'île de l'étang de Lindre et la route départementale 199 s'arrête là. Il n'y a pas moyen d'aller plus loin. À moins, bien sûr, de continuer à la nage.

Voilà déjà une bonne raison de croire que Kafka a pu se sentir attiré par cet endroit ; mais en voici une seconde : un épais brouillard enveloppe perpétuellement l'étang de Lindre et les environs de Tarquimpol. Ce brouillard confère au village son allure fantomatique et inocule au voyageur un merveilleux sentiment d'irréalité. Il n'y a pas de brouillard, toutefois, dans le paysage représenté au creux du cendrier posé devant toi, bien qu'il y en ait toujours sur les cartes postales de Tarquimpol.

En déplaçant à l'aide de ton stylo à bille les quelques mégots qui encombrent le fond du cendrier, tu peux apercevoir trois maisons jaunes aux toits de tuiles rouges et une tour à l'arrière – tu penses que c'est le clocher de l'église. Il y a aussi un arbre du côté gauche. L'artiste a dû se dire qu'il fallait planter un arbre de ce côté-là pour équilibrer les volumes et l'artiste a eu raison parce que sans cet arbre rabougri, son œuvre serait encore plus moche.

Le ciel est bleu lavande et il n'y a pas la moindre trace de brouillard, en effet, mais deux petits nuages blancs en forme de crottes semblent narguer ce ciel autrement immaculé.

Il y a un mur de pierres, aussi. Tu ne pouvais le voir tout à l'heure à cause d'un mégot de Marlboro. Le mur est à droite et tu distingues deux croix : une petite et une autre, plus grande, qui doivent évoquer le cimetière de Tarquimpol ; ce qui te confirme dans ta première impression : c'est bien le clocher de l'église que tu aperçois tout au fond et non pas une tour comme tu aurais pu le déduire par la forme du bâtiment qui ressemble davantage à un silo à grains qu'à un clocher d'église. Le ciel est bleu, l'horizon plat. Et les mégots de Marlboro constituent, pour l'instant, les seuls reliefs de ce paysage ennuyant.

Dans ce cas, pourquoi avoir écrit *Tarquimpol* sur la couverture de ce cahier? Parce que tu as de bonnes raisons de croire que Kafka a séjourné au Château d'Alteville situé à quelques kilomètres de l'étang de Lindre, tout au fond du cendrier. Tu dois souffler un peu sur la cendre pour mieux le voir. Le Château d'Alteville ne ressemble pas à un château, plutôt à une grosse maison de ferme couverte de lierres. À la fin du XIXe siècle, il appartenait à un personnage mystérieux, un certain Stanislas de Guaïta, mage et auteur d'ouvrages aux titres aussi rassurants et réjouissants que *Le temple de Satan, Essais de sciences maudites* ou *La clef de la magie noire.* Stanislas de Guaïta est un personnage controversé : il aurait été l'un des principaux protagonistes de la guerre des mages qui a sévi en Europe à la fin du XIXe siècle. Il aurait frayé dans l'entourage de Baudelaire. La belle affaire.

Tu ne sais pas ce qui aurait pu inciter Franz Kafka, l'écrivain-juif-germanophone-de-Prague, à se rendre à Tarquimpol. En 1911, il n'était âgé que de vingt-huit ans et Stanislas de Guaïta était mort depuis quatorze ans. Tu tiens pour une certitude que les deux hommes ne se sont jamais rencontrés.

Alors quoi?

Depuis plus de vingt ans, tu conserves précieusement une rame complète de papier *Statesman script* filigrané avec tranche nature. Tu as réuni les feuilles de 57 cm × 88 cm et tu les as pliées en quatre pour confectionner deux cahiers. D'Amérique, tu as également apporté deux fioles contenant chacune 50 ml d'encre noire ; la première de marque Mont Blanc – made in Germany – et la seconde de marque Waterman – fabriquée en France. Tu ne cherches pas vraiment à comprendre. Depuis des temps immémoriaux, tu envisages d'écrire dans ce cahier. Tu secoues parfois les fioles d'encre ou bien tu les ouvres et tu renifles leur contenu. Tu caresses le papier du plat de la main. L'encre n'a pas d'odeur et le papier attend.

Tu es peut-être un peu confus. Ta tête descend lentement le long de ton bras posé sur la table. Tu as la sensation de te souvenir, mais ce n'est pas encore ce que l'on pourrait appeler la mémoire. C'est quelque chose de dur, un noyau dans ton crâne. Tu pourrais peut-être, avec un peu d'aide, tout te rappeler ; mais tu n'y tiens pas tant que ça, au fond, et tu restes là, la tête posée à plat sur l'une de tes mains, à écouter le chant du mistral furetant dans la charpente du toit.

Ta fascination pour Kafka n'est pas nouvelle. Tu le considères non seulement comme un monstre sacré de la littérature, mais aussi comme un monstre

absolu du génie humain. Sur l'échelle de la mons-
truosité, tu situes Kafka à peu près au même niveau
que le Christ ou Hitler. Beaucoup de gens doutent de
la réalité historique d'un personnage comme le
Christ et il s'en trouve bien davantage pour estimer
qu'Hitler a pu survivre à la Guerre mondiale qu'il a
provoquée. Mais en ce qui concerne Kafka, tu penses
qu'il a découvert une chose capitale : c'est qu'en
littérature, tout peut être dit et que, peut-être pour
cette raison précise, rien ne peut l'être.

Tu as heureusement commencé à lire Kafka assez
tard. Tu dis *heureusement* parce que tu as perdu tes
illusions très tôt et tu prétends qu'une rencontre pré-
maturée avec l'auteur de *La métamorphose* aurait pu
t'être fatale.

C'est vrai.

Tu ajoutes que Kafka a livré des œuvres inépuisa-
bles qui suscitent à travers le monde une littérature
si abondante, des interprétations si diverses, une in-
flation de commentaires si loufoques, qu'on en vient
à espérer qu'un peu de silence se fera autour d'elles
afin de nous permettre de mieux les entendre.

Bien sûr, tu es ici pour Kafka. Tu es sur ses traces.

Tu te demandes quel sens pourrait avoir une vie
consacrée toute entière à l'étude du parcours d'un
écrivain ; le sens d'une vie perdue, même pas dans
l'ombre ou le sillage, mais sur la trace érodée, presque effacée, d'un mort illustre ? Tu l'ignores.

Maurice Blanchot est mort récemment. Tu dis que Blanchot a écrit sur Kafka les commentaires les plus censés que tu aies jamais lu au fil des ans. Tu as vraiment l'air d'y croire. Il y a de l'excitation dans ta voix. Blanchot a rappelé que, d'après la Genèse, le premier geste d'Adam a été de nommer la création, que le premier homme se serait approprié le monde en nommant les êtres et les choses. En faisant cela, il aurait établi une distance entre lui et le monde dans lequel il vit : le mot. Adam aurait fait entrer l'humanité dans la représentation du monde et il ne lui aurait plus été possible d'en sortir. Ce premier acte d'Adam – sa prise de parole – nous aurait amputés d'une part de notre être. Les mots seraient vides. Ces mots qui te sont si chers, t'empêcheraient d'approcher l'essence et te condamnerait à une multitude de représentations du monde, en même temps qu'à une représentation unique, universelle, pour laquelle tu éprouves un dégoût légitime, mais à laquelle tu es enchaîné par les conventions du langage.

Autrement dit, d'après le père Blanchot, le mot te donne l'être, mais il te le donne privé d'être. Il en déduit qu'un écrivain comme Kafka n'écrit pas parce qu'il a le pouvoir de nommer les choses, mais parce qu'il n'a pas le pouvoir de ne pas les nommer ; parce qu'il cherche, malgré lui, à épuiser la représentation du monde, comme si cela pouvait le libérer du langage et le ramener à l'essentiel. À l'être.

C'est une imposture bien moins terrifiante qu'il n'y paraît. Tu crois qu'il s'agit vraiment de la toute première chose qu'il faudrait savoir à propos de Kafka.

Peut-être la seule chose qu'il ne faudrait jamais oublier concernant la littérature. L'entreprise littéraire de Kafka est à la fois héroïque et désespérée parce que c'est une tentative d'épuisement de la représentation du réel.

Certains qualifient Kafka d'écrivain empêché parce que tous ses romans sont demeurés inachevés. Tu te demandes si c'est parce qu'il a très peu publié de son vivant qu'on lui appose cette étiquette ou si ce n'est pas simplement plus commode pour éviter de se souvenir que les œuvres complètes de Franz Kafka totalisent plus de cinq mille pages. Ce n'est quand même pas si mal pour un écrivain emporté par la tuberculose à l'âge de quarante et un ans. Inachevée, l'œuvre de Kafka l'est peut-être de toutes les manières qu'on peut imaginer ; non seulement dans sa création, mais aussi dans sa destruction. Vouée à l'anéantissement par son auteur, elle a non seulement échappé à ses volontés testamentaires, mais aussi aux autodafés qui, de l'Allemagne nazie à l'Union soviétique, ont davantage contribué à sa diffusion que tout autre facteur.

Tu relèves la tête, tu sembles un peu moins confus que tout à l'heure. Tu dis qu'avant d'aller plus loin, il est essentiel de comprendre pourquoi tu en est venu à écrire *Tarquimpol* sur la couverture de ce cahier et pourquoi tu te trouves plutôt à Soyons, en Ardèche, et donc bien loin de ton objectif.

L'un de tes vieux amis dit toujours : « La vie est pleine de surprises ! » Ça te tombe sur la rotule que ce type répète ça pour un oui pour un rien, mais il a parfaitement raison : la vie est pleine de surprises quoi que tu en dises.

Pour toi, les surprises ont commencé à débouler lors d'une réception à l'Ambassade du Canada à Paris où la faune littéraire québécoise avait été conviée à sabrer le champagne. C'est à ce moment de ton vagabondage qu'Alya t'a été présentée.

Vous êtes mariés maintenant, Alya et toi, et tu te trouves dans le salon de la maison d'Ardèche d'Alya. Il convient peut-être de désigner ainsi la vaste pièce dont le plafond est orné d'un gigantesque cratère par lequel tu peux voir les poutres du toit et par où s'engouffre le mistral. Tu écris.

Je suis un original. J'ai dans mon jardin une grue énorme – elle doit faire dans les vingt mètres de haut –, toute rouillée, avec laquelle j'arrive, par temps clair, à produire une musique céleste qui horripile mes voisins. La poulie, le treuil, le contrepoids : tout cela pendouille exactement en plein soleil. Cela me fait, quand souffle le mistral, une girouette phéno-ménale qui grince à tous les diables. C'est ma grue. Je la trouve bien pratique. J'ai aussi un cratère dans mon bureau, mais ça, c'est un secret bien gardé.

Tu as installé ta table de travail dans cette pièce parce que tu auras besoin d'espace pour te lever de temps en temps, tourner autour de la table en fumant des Marlboro et imaginer la vue magnifique qui s'offrirait à toi si tu t'étais plutôt installé dans une autre pièce de la maison. Dans ce cas, tu aurais pu contempler la falaise de calcaire au sommet de laquelle trônent les ruines de la fameuse – mondialement connue, dit le site Internet de la Commune – Tour penchée de Soyons, construite au VIe siècle – en même temps que des dizaines d'autres, toutes semblables à celle-ci, sauf qu'elles ne sont pas penchées – pour surveiller la vallée du Rhône et la progression d'éventuels envahisseurs.

Tu pourrais même apercevoir l'entrée des grottes où l'on a découvert des traces d'occupation humaine continue sur une période de 150 000 ans. Tu es allé t'y promener hier après-midi et c'est vraiment une chouette sensation de se tenir là, debout à l'entrée d'une grotte, et de contempler les montagnes du Vercors en songeant que les Néandertaliens, il y a 150 000 ans ou davantage, faisaient exactement la même chose, sauf qu'ils ne pouvaient pas voir la route nationale 86, ni les voies ferrées, ni l'interminable chapelet d'entrepôts et d'usines qui s'agglutinent sur les rives du Rhône, ni la centrale nucléaire de Cruas, au loin, crachant d'immenses nuages blancs absolument inoffensifs.

Alya connaît bien le conservateur du musée et du site protégé des grottes de Soyons. C'est un type bien. Il a conservé tout ce qu'il a pu, comme sa fonction l'indique, et il a même installé trois ou quatre mannequins barbus et vêtus de fausses peaux de mammouths à l'entrée de la grotte principale.

C'est une reconstitution un peu kitsch, il faut l'avouer, quoi qu'en dise Alya ; tu ne veux pas la décevoir. Il y a même un lion préhistorique – un smilodon peut-être ? – dans un coin sombre de la grotte et, en le voyant hier, tu as vraiment eu l'impression de te trouver dans une chambre d'enfant tellement ce truc invraisemblable ressemble à une grosse peluche. Tu t'es dit que c'était sympathique comme tout de te retrouver en compagnie de tes ancêtres fantoches qui se grattent le cul autour d'un faux feu de bois électrique et qu'on a quand même fait un bon bout de chemin avec Internet, la téléphonie cellulaire et les pommades corticoïdes.

Malgré tout, les os de mammouth qui sont exposés au musée de Soyons n'ont pas été découverts dans les grottes : c'est un villageois qui est tombé dessus en creusant sa cour.

Depuis des années, ce type rêvait d'un garage. Et voilà ce qui arrive : quelqu'un veut un garage, il ne demande rien d'autre, son ambition est modeste. Un homme veut un garage et tombe sur un mammouth.

On sait toujours précisément à quel moment commencent les problèmes. Ce citoyen consciencieux s'était pourtant muni de toutes les autorisations, licences et permis nécessaires à la construction de son garage. Il a commencé à creuser. Il a creusé, creusé, jusqu'à ce que son rêve vole en éclats.

Un mammouth.

Ce n'est ni le premier ni le dernier mammouth sur lequel on tombe, mais bon : il n'y en a pas tant que ça sous ces latitudes et on y tient beaucoup.

« Holà ! Un garage ? Mais vous n'y pensez pas ! a fait le conservateur du musée. Un garage ! Qui a bien pu vous mettre en tête une idée pareille ? Il va nous falloir des années pour dégager ce mammouth. Et qui nous dit qu'il n'y en a pas d'autres ? On va devoir étendre les fouilles à tout le périmètre ! »

« Tout le périmètre… »

Cette expression, dans la bouche du conservateur, laisse le villageois perplexe. Il se voit déjà aux prises avec un second mammouth sous la cuisine et un troisième sous la chambre des mômes. C'est bien sa veine d'être tombé sur un cimetière de mammouths, il n'aurait jamais dû quitter Belleville. Mais ce type-là, il s'accroche à son rêve ardéchois et il sait qu'un jour il sera débarrassé des mammouths une fois pour toutes et qu'il pourra construire son garage. Pour l'instant, il se dit heureux de pouvoir collaborer à l'effort national de préservation du patrimoine archéologique. C'est comme ça qu'un journal local l'a cité. Il aurait bel et bien dit : « Je suis heureux de participer à l'effort national de préservation du patrimoine archéologique et je collabore pleinement avec les autorités ».

Kafka n'est jamais loin.

Tu t'es approprié la portion du salon qui se trouve du côté des voies ferrées et c'est ce que tu verrais en ce moment même, car un train passe, si les volets de la porte-fenêtre n'étaient fermés. Il vaut mieux qu'ils le soient : le mistral fait rage de plus belle et hurle à travers la vitre fracassée. Entre deux trains, par-dessus les hurlements du vent, tu peux entendre bêler les trois brebis de la voisine et ses chiens aboyer comme si le vent les avait tous rendus fous. Tout le monde sait que le mistral rend fou et que c'est pour cette raison qu'on vient écrire ici des livres sans queue ni tête comme d'autres iraient à Tarquimpol se perdre dans le brouillard.

Lors de ta première rencontre avec Alya, à cette réception de l'Ambassade, tu en étais déjà, un quart d'heure après ton arrivée, à ta sixième coupe de champagne. Tu les enfilais aussi vite que possible, sachant bien que les deux cents soiffards d'écrivains présents dans ce déliquescent sérail en faisaient autant et qu'il ne resterait bientôt plus une goutte de cet excellent dérivatif – ce qui ne manqua pas de se vérifier –, et que tu n'aurais d'autre alternative, pour continuer à boire, que de dénicher un bistro où picoler à tes frais cette fois, ce qui ne manqua pas de se vérifier également. Tu cherchais un coin où fumer ta clope sans qu'on te dévisage comme une bête curieuse ou une espèce de *serial killer.*

C'est alors que tu as aperçu Laurie en compagnie d'une jeune femme tout à fait ravissante. C'était Alya.

Laurie, écrivaine et fumeuse invétérée, s'adonnait impunément à l'un de ses vices préférés dans un coin du fastueux salon de Monsieur l'Ambassadeur. Tu t'es rapproché d'elles, bien sûr ; tu aimes la compagnie des jeunes femmes. Tu la préfères, et de loin, à celle, mortifère, des intellectuels, éditeurs, marchands de mots et autres conclaves.

Tu ne te lasses jamais de contempler Laurie, somptueux mélange de Peau d'Âne, de Janis Joplin et de la petite fille aux allumettes. Elle a quarante-trois ans et n'importe qui lui en donnerait dix de moins. Ses petits seins semblent fermes et ils sont, en tout cas, bien ronds ; tu les imagines couronnés de mamelons roses et lisses. Elle dit détester ses longs pieds effilés et d'une incroyable souplesse, mais tu ne peux t'empêcher, chaque fois que tu les regardes, de songer que de tels pieds n'ont pas été conçus pour marcher sur la terre, plutôt pour reposer sur des piles de coussins et recevoir l'hommage empressé de centaines d'hommes et de femmes venus des quatre coins du monde pour y déposer de brûlants baisers.

Laurie te présenta donc Alya : une jeune Française désireuse d'enregistrer des écrivains francophones lisant leurs textes. Le résultat de son travail serait diffusé à travers la Francophonie – un concept géolinguistique assez vague recouvrant la France et le Québec, de même qu'un certain nombre d'autres territoires, et incluant le Viêt-Nam pour des raisons plutôt obscures mais sans doute parfaitement justifiées.

Alya mesure un mètre cinquante et, toute mouillée, elle doit peser un peu moins de quarante-trois kilos ; mais c'est une petite femme diablement énergique. En écoutant son baratin, qui tournait essentiellement autour de son projet d'enregistrement, tu te disais que tu partirais bien avec elle à la fin de ce pince-fesse. Alya correspondait parfaitement à tes fantasmes sexuels les plus délirants et tu te serais bien envoyé en l'air avec elle ce soir-là. La conviction naïve de ses petits seins pointant vers le ciel et la manière gracieuse et innocente qu'elle avait de se frotter à Laurie, te faisaient bander. Tu allais même jusqu'à imaginer toutes sortes de stratagèmes inutiles visant à terminer cette soirée à trois. Mais le champagne te monta bien vite à la tête et, cinq minutes plus tard, vous vous perdiez de vue, Alya et toi, dans la foule compacte des invités de Monsieur l'Ambassadeur.

À ton grand regret.

C'était, en vérité, pour Laurie que tu en pinçais depuis plusieurs mois. Laurie, belle pur-sang au regard hautain, à la peau translucide, aux réflexes prédateurs. Laurie dont tu souhaitais te rapprocher depuis longtemps et que tu suivis, en fin de compte, avec un éditeur et deux autres auteurs, au Grand Café du boulevard des Capucines, dans le but avoué de manger des huîtres à satiété, de boire un excellent vin alsacien pas cher du tout et de déblatérer un tas de ragots sur le dos des invités de Monsieur l'Ambassadeur, qui sans aucun doute en faisaient autant, disséminés dans quelques douzaines de bistros et de restos parisiens.

« Le refrain est connu, dit Laurie, les salons du livre sont des cirques foireux sous les chapiteaux desquels les auteurs font figure d'accessoires apparemment tout aussi encombrants qu'inutiles. »

Il faut bien qu'ils aient leur revanche.

C'est une toute petite ville, Paris. Tu en tiens pour preuve le fait que la table voisine de la vôtre se retrouva bientôt garnie, elle aussi, d'une meute d'écrivains québécois complètement avinés et conduits par une espèce de coureur des bois coiffé d'un casque de poil et vêtu d'une veste à carreaux. Aux petites heures du matin, Laurie est rentrée à l'hôtel au bras de ce type et tu as craché ton cœur en mille miettes dans les caniveaux de Paris.

Moins d'une heure après avoir quitté l'Ambassade, tu avais oublié jusqu'à l'existence d'Alya. Il s'en fallut de bien peu que tu n'oublies ton propre nom, mais c'est une autre histoire. Tu ne l'avais apparemment pas davantage impressionnée et, elle te l'a avoué bien plus tard, elle t'avait même trouvé plutôt insignifiant comme bonhomme, ce qui n'a rien d'étonnant puisque c'est l'impression que tu donnes la plupart du temps.

Ça n'a pas empêché Alya, trois mois plus tard, de débarquer à Québec pour réaliser ses enregistrements, ni de te téléphoner par un bel après-midi de juin.

La voix d'Alya est grave, un peu cassée ; une voix étonnante pour une jeune femme de son gabarit.

Une voix très radiophonique, reconnaissable entre toutes dès les premiers mots : « Vous souvenez-vous de moi ? »

Si tu te souvenais d'elle ? Tu t'es tout de suite dit : « Tiens ! C'est la petite nana de l'Ambassade », et sans trop savoir pourquoi tu t'es senti presque heureux et surtout très content qu'elle ait réussi à mettre la main sur ton numéro de téléphone. Elle avait lu tes romans et ils avaient dû lui plaire parce qu'elle voulait que tu participes aux enregistrements qu'elle se proposait de faire. Vous avez convenu d'un rendez-vous le lendemain. Tu as suggéré l'Impasse des deux anges, un café où tu allais de temps en temps parce que le proprio de l'époque, qui se faisait appeler Obélix, avait un bagout extraordinaire et que tu te plaisais bien en sa compagnie.

Tu dis qu'Obélix mériterait bien mieux que ce commentaire bâclé, qu'il fait partie de ces gens qui, dans un livre bien fait, incarnerait un personnage d'une stature impressionnante et qu'en fait, Obélix, c'est un personnage de roman dans la vie.

Tu n'es plus assis à ta table de travail devant l'une des trois portes-fenêtres défoncées par les cambrioleurs, squatters et autres oiseaux de passage. Tu n'y es plus parce que tu as pris tout à l'heure un car qui t'a mené à Guilherand-Granges.

Tu es au bar Le Lapin, à deux pas du pont qui traverse le Rhône et mène à Valence. Le bar est bondé d'habitués qui chahutent à cause des Jeux Olympiques. Ils s'excitent tous devant la télé juchée dans un coin au fond du bar parce qu'on présente un match de basket opposant l'équipe des États-Unis à celle de France. La lutte est serrée : 83 à 85.

En faveur de qui ? Tu ne saurais le dire.

C'est la demi-finale, si tu as bien compris, et les Français s'imaginent vraiment que leur équipe a une chance. Mais bon, faut pas rêver, les gars ! C'est du basket, là, pas du foot.

Les Olympiques, en principe, ça devrait être une célébration de la fraternité humaine, un truc internationalisant, mondialiste et tout, avec de belles valeurs tout autour comme des guirlandes de fleurs, avec du brillant, de l'éclat, des corps qui transpirent, des exploits héroïques, les peuples du monde rassemblés dans un bel esprit d'émulation et de saine compétition. Mais, n'importe qui peut s'en rendre compte au premier coup d'œil, c'est plutôt l'occasion, partout, dans tous les pays, de se doper à mort et d'exacerber les sentiments les plus chauvins qui soient : les Américains n'applaudissent qu'aux performances des athlètes américains, les Français à celles des athlètes français ; les Chinois, les Cubains, les Canadiens et les autres font de même, de sorte que l'esprit olympique se trouve nivelé à hauteur de ce nombrilisme primaire et qu'il n'en reste rien mis à part la rumeur de la foule et quelques bras cassés. Mais quelle est la raison de ta présence ici, au bar Le Lapin ? – qui ne s'appelle pas du tout Le Lapin, d'ailleurs, mais plutôt Le Sapin, comme tu t'en es rendu compte en sortant de là, hier. Tu as corrigé cette méprise aujourd'hui tandis que tu recopiais tes notes et tu dis que c'est un lapsus assez comique ; un peu comme si tu n'avais pas supporté l'idée de te retrouver au cœur de la vallée du Rhône dans un bar portant un nom aussi typé que Le Sapin, un abreuvoir qui serait plus à sa place au cœur d'un hameau de l'Abitibi ou quelque part sur la Côte Nord entre Baie-Comeau et Sept-Îles.

Tu es ici, au bar Le Sapin de Guilherand-Granges – au milieu de ces pseudo-sportifs au chômage qui râlent de plus en plus fort parce qu'il semble bien que l'équipe française va perdre ce match de basket contre les USA, en fin de compte –, pour la bonne raison que tu dois passer prendre ton fils à la sortie du collège Charles-de-Gaulle à 16h30.

Encore quelque chose que tu ne peux passer sous silence : tu as un fils de seize ans. Nous l'appellerons Richard. C'est l'un de ces grands flemmards qui ne hantent pas vos banlieues, qui n'incendient pas vos voitures, qui ne violent pas vos filles, qui ne les droguent pas, qui ne commettent aucun des crimes que, dans vos fantasmes les plus civiques, vous espéreriez les voir perpétrer pour justifier votre anxiété et souhaiter l'avènement d'un état policier ; mais qui passeraient bien volontiers trente heures par jour devant l'ordi, s'il y avait ne serait-ce que trente-deux ou trente-trois heures dans une journée normale.

C'est ton fils.

Tu répètes que tu n'as jamais voulu d'enfant, que l'idée d'avoir des enfants ne t'a effleuré l'esprit à aucun moment au cours de ta vie ; mais qu'il est là et que c'est bien ton fils, que tu ne peux pas nier qu'il devient presque un homme sous tes yeux sans que tu puisses comprendre quoi que ce soit à ce phénomène, sans même qu'il te soit possible de douter qu'il s'agit bien de ton fils, puisqu'il te ressemble en tout.

Richard vous a suivis à Soyons, Alya et toi, bien malgré lui ; mais il ne le regrette pas. Depuis votre arrivée ici, il s'est fait des tas de copains qui l'attendent à la sortie des cours pour lui péter quelques dents et des douzaines de jeunes filles, toutes plus françaises et dépourvues de poitrine les unes que les autres, veulent sortir avec lui et sont apparemment prêtes à toutes les bassesses pour arriver à leurs fins. Mais ce n'est pas parce que des tas de copains veulent lui péter la gueule, ni que des douzaines de jeunes filles comme il faut souhaitent lui montrer leurs petits dessous, qu'il te faut passer prendre ton fils de seize ans à la sortie du collège ; c'est simplement parce que vous êtes tous les trois invités à dîner ce soir chez un copain d'Alya et que Richard ne sait pas du tout comment se rendre chez ce type. Pas plus que toi, d'ailleurs. C'est pour cette raison que vous avez rendez-vous avec Alya à la gare de Valence vers dix-sept heures. Heureusement pour vous, Alya sait où habite son ami.

Avant de mettre un point final à cette digression (qui avait pour but d'expliquer pourquoi tu n'es plus à ta table de travail, à Soyons, mais plutôt dans ce bar un peu glauque de Guilherand-Granges), tu insistes pour préciser que tu n'écris plus dans le même cahier que tout à l'heure. Tu as troqué celui-là, d'un format encombrant, pour celui-ci, aux dimensions standards, beaucoup plus pratique lors de tes déplacements. Le plus emmerdant, dans cette histoire, c'est que tu vas devoir transcrire tout ça dans le grand cahier resté sur ta table de travail. C'est d'ailleurs ce que tu es en train de faire aujourd'hui tandis qu'Alya repeint les volets et que Richard s'acharne à vouloir fendre des bûches avec une hache qui n'a sûrement pas été affûtée depuis la fin de la Révolution.

Pour l'instant, un affreux caniche noir tout ébouriffé s'est installé à ta gauche et te considère gravement sans se douter qu'il t'empêche, ce faisant, de retrouver le fil de ce que tu veux dire à propos d'Alya et de votre première rencontre à l'Impasse des deux anges. Le caniche a disparu pendant que tu écrivais ce qui précède et tu ne vas pas t'en plaindre.

C'était peut-être un caniche magicien qui apparaît et disparaît comme ça, d'un coup de baguette magique ; mais il n'y a pas de fumée, si ce n'est celle que ta cigarette répand dans l'air déjà vicié du bar Le Sapin, et tu te dis que le numéro de ce caniche magicien n'est pas tout à fait au point et qu'il ferait bien d'ajouter un peu de fumée dans sa mise en scène parce que ça fait toujours plus sérieux et plus vrai, un beau rideau de fumée, quand on disparaît.

À ton arrivée à l'Impasse des deux anges, Alya était confortablement installée en terrasse. Il ventait un peu trop pour un après-midi de la fin juin. Tu t'en souviens parfaitement parce que c'est le genre de détail sans importance dont tu te rappelles d'habitude. Tu te sentais bien. Tu manifestais, depuis la veille, un inexplicable entrain. Tu avançais dans cet air vif en ramant doucement, tu descendais la rue Saint-Vallier, le vent en poupe.

Dès que tu l'as aperçue, Alya t'a semblé encore plus mignonne et plus sexy que la première fois, à l'Ambassade du Canada à Paris. Elle portait un pull de laine beige aux coudes élimés, avec des mailles pendantes et des trous sous les bras. Tu as pensé, cette fois encore, que tu lui ferais bien l'amour aussi longtemps et aussi souvent qu'elle le voudrait, si seulement elle le voulait.

Sauf que tu étais déjà marié.

Marié, oui. Depuis douze ans. Avec Zari. Une iranienne de treize ans ton aînée.

Lorsque tu as rencontré Alya, ton mariage avec Zari ne signifiait déjà plus grand-chose à tes yeux, même si Zari est une très belle femme, tu dois en convenir, et qu'elle a une peau cuivrée, un corps sombre et lisse, sans la moindre pilosité, des cheveux noirs de jais et des capacités tout à fait exceptionnelles dans de nombreux domaines.

Pourtant, après l'avoir caressé et vénéré pendant une douzaine d'années, tu as brusquement cessé de t'intéresser au corps de Zari quelques mois avant de rencontrer Alya. Votre couple ne survivait que par la force de l'habitude et peut-être que ceci explique cela, mais tu es loin d'en être certain. Une routine assez confortable s'était installée entre Zari et toi tout de suite après votre mariage. Vous ne vous querelliez presque jamais. Vous n'avez pas eu plus d'une demi-douzaine de crises ou de désaccords significatifs en douze ans de vie commune.

Un exploit déprimant.

Tu ne lui as jamais donné la moindre occasion d'être jalouse ; mais en y repensant bien, tu te dis que ça aurait peut-être facilité votre séparation, si tu l'avais fait. Zari n'aurait jamais pu accepter que tu aimes une autre femme qu'elle, tu le savais. Mais tu conservais l'espoir que vous demeureriez amis, elle et toi, si votre séparation devenait inévitable. Et elle le devenait.

Tu admets que ce compte rendu est partial, que Zari ne se laisserait pas embobiner par cette manière de dire les choses et qu'elle protesterait. Mais ce n'est pas de la version de Zari qu'il s'agit, c'est de la tienne ; et ce n'est pas d'elle qu'il est question, mais d'Alya.

À ce premier rendez-vous, Alya et toi avez donc parlé de tout et de rien, mais pas tellement de son projet d'enregistrement, qui représentait tout de même le prétexte de votre rencontre. Vous discutiez avec entrain en buvant des cafés qui ne vous réchauffaient pas beaucoup, mais vous demeuriez sur la terrasse malgré tout, exposés à ce petit vent frais, sans vous décider à rentrer.

Tu as dit qu'Alya était le nom d'une étoile double qui termine la Queue du Serpent, une constellation située près du Sagittaire, et Alya a répondu qu'elle ignorait ce détail. Elle a cependant ajouté qu'elle était Serpent d'après l'astrologie chinoise, basée sur un cycle de douze années, et ça l'a fait rire parce qu'elle ne croit pas du tout en l'astrologie. Ni en quoi que ce soit d'autre, d'ailleurs, a-t-elle tenu à préciser.

Au début, elle te vouvoyait et puis, à la longue, voyant que ça te faisait marrer, elle s'est mise à te tutoyer et vous avez bientôt pu discuter tranquillement comme des amis de toujours. Elle t'a fait entendre des extraits de son travail de sonorisation, comme elle disait assez pompeusement. Elle se servait d'un lecteur de minidisques d'allure louche qui te fit douter un instant du sérieux de sa démarche. Mais elle avait, disait-elle, capté plusieurs auteurs avec ce bidule et ton étonnement la vexait.

Tu te rendis bien vite compte, néanmoins, que ses bandes sonores étaient d'assez bonne qualité, et l'après-midi s'écoula ainsi bien gentiment. Tu trouvais Alya non seulement belle, incroyablement sexy avec son pull troué et ses manières de gitane, mais aussi d'agréable compagnie et de conversation plaisante. Tu écoutais sa voix grave, un peu cassée – par la cigarette, disait-elle, comme pour s'en excuser. Tu avais tendance à fermer les yeux pour mieux l'entendre, cette voix enrouée ; mais tu évitais de le faire parce que ton attitude aurait pu paraître équivoque.

C'était un chouette après-midi sur une chouette terrasse en compagnie d'une jeune femme vraiment très chouette. Voilà ce que tu t'étais dit après coup pour te consoler de ne pas avoir au moins essayé de l'entraîner à l'hôtel. En d'autres circonstances, tu n'aurais pas hésité, mais puisqu'il s'agissait d'un rendez-vous professionnel, tu éprouvais quelque scrupule. Elle était jolie, bien trop jolie pour que tu imagines un seul instant qu'il n'y ait pas déjà un homme dans sa vie. De plus, Alya savait que tu étais marié.

Si les signaux avaient été un peu plus clairs de part et d'autre, il est certain que rien de tout cela ne vous serait apparu comme un obstacle et que vous vous seriez jetés l'un sur l'autre comme des ogres affamés ; mais tel ne fut pas le cas.

À un moment – tu as ressenti cela comme une espèce de présage –, vous avez parlé de Kafka. Tu crois que c'est elle qui en a parlé la première, mais sans doute était-ce plutôt toi. Vous sembliez d'accord pour dire que Franz Kafka était entré dans vos vies à un moment crucial de votre parcours et que son œuvre vous était devenue une espèce de dernier refuge.

Elle a dit que l'un des textes de Franz Kafka parle d'un inaccessible château, qu'un autre parle de la Grande Muraille de Chine, qu'il y en a un qui parle d'un homme chevauchant un seau à charbon. Tu as dit que c'était vrai. Tu as ri pour rien. Elle a dit qu'elle avait lu *La métamorphose* et que cette histoire parle d'un jeune homme qui s'éveille un matin transformé en insecte. Tu as dit oui, c'est ça. Elle a ajouté qu'à son avis cette idée n'avait rien de répugnant. Elle s'étonnait que certaines personnes trouvent cette histoire bizarre. Elle se sentait proche de Gregor Samsa, ce personnage dont même le nom ressemble à un insecte.

Tu as encore ri et tu lui as demandé de redire le nom du voyageur de commerce métamorphosé en cafard parce que, dans sa bouche à elle, ça ressemblait vraiment à un insecte. Elle a été prise d'un fou rire et elle n'a plus été capable de prononcer Gregor Samsa de sa voix grave et touchante.

Il y a ensuite eu ce long silence pendant lequel vous vous êtes considérés très attentivement comme si vous réalisiez au même moment à quel point le simple fait d'être là, ensemble, à discuter de choses et d'autres, à vous découvrir des goûts et des intérêts communs, vous redonnait une certaine foi en la vie et représentait un indice de votre capacité à en jouir encore malgré les déboires et les turpitudes de vos quotidiens respectifs.

Tu avais l'air d'y croire. Tu penchais la tête vers elle et tu l'observais amoureusement, avec cette sorte de vénération dans le regard. Elle était toute menue, le froid la faisait trembler un peu. Tu l'aurais volontiers prise dans tes bras pour la réchauffer, mais au lieu de cela, tu as encore parlé de Kafka.

C'est ta maladie.

Tu as raconté que *La métamorphose* avait été le troisième livre publié par Kafka et que l'illustration de la couverture de la première édition était une lithographie d'Ottomar Starke. « Lorsqu'il a appris de son éditeur que Starke allait créer l'illustration de son livre, Kafka lui a écrit que l'insecte lui-même ne devait pas être représenté, qu'on ne devrait même pas pouvoir l'apercevoir de loin. Starke a donc dessiné une femme paralysée de stupeur devant la porte entrebâillée de la chambre de Grégor, évitant ainsi de le représenter. »

Alya parla des photographies de Kafka, qu'elle disait trouver beau et qu'elle décrivit comme un éternel adolescent au regard romantique. « Sur certains clichés, il a même un petit air coquin. Je dois dire que je le trouve tout à fait craquant ! »

Tu as esquissé un sourire, dans l'espoir qu'elle te trouverait, à toi aussi, un air coquin ou même romantique, mais tu ne présentais manifestement aucun intérêt à ses yeux. Et pas la moindre ressemblance avec Kafka.

C'est à ce moment-là qu'elle a parlé de Tarquimpol.

Elle a raconté une anecdote à propos de Kafka, disant qu'en 1911, pendant un voyage qu'il faisait en compagnie de Max Brod, ils avaient séjourné quelques jours en Lorraine, tout près du village où était née sa mère. Elle a parlé du brouillard qui sévit en permanence sur les rives du Lindre et confère au village de Tarquimpol cette aura de mystère et du fantomatique Stanislas de Guaïta, le magicien qui hantait toujours, selon elle, le Château d'Alteville.

Alya expliqua de sa voix chaude – tu l'aurais écou-
tée pendant des heures et c'est vraisemblablement ce
que tu fis – que le Lindre est un étang artificiel et le
produit du génie médiéval. Ces centaines d'hectares
de terre inondée servent à la pisciculture. Depuis des
siècles, les habitants du pays saulnois y élèvent des
carpes. Jusqu'à tout récemment, l'étang de Lindre
·était entièrement asséché chaque année pour permettre la récolte du poisson.

« Techniquement, on parle alors d'une mise en
assec », ajoute-t-elle le plus sérieusement du monde ;
mais toi, tu n'as d'yeux que pour ses poignets minces
et blancs, ses lèvres fines et ses grands yeux de
poisson-chat. C'était à l'occasion d'une mise en assec
de l'étang qu'on avait découvert les vestiges d'une
cité gallo-romaine appelée *Décempagi*. Un nom latin
qu'on peut traduire par l'expression *les dix pays* ; un
nom énigmatique pour une ville qui ne l'est pas
moins. Alors que Tarquimpol n'est habité, de nos
jours, que par une population de soixante-seize personnes en tout et pour tout, auxquels il faut ajouter
quelques centaines d'ovins, de bovins et de caprins,
sans compter les chiens, les chats et plus de deux
cents espèces d'oiseaux protégées ; Décempagi pos-
sédait déjà, il y a presque deux mille ans, un théâtre
pouvant accueillir jusqu'à dix mille spectateurs. On
soupçonne la présence d'autres vestiges plus importants : un temple, des thermes et peut-être même un
forum.

Les anciens savaient se divertir. Ils n'avaient pas
encore la télévision par satellites, Internet et la télé-

réalité, alors ils étaient forcés, les pauvres chéris, de se rassembler dans des édifices colossaux conçus pour des dieux et des déesses.

Alya avait tout à fait le profil d'une déesse et c'est pourquoi tu t'accrochais à chacun de ses mots comme à autant de petites bouées de sauvetage providentielles sans te douter qu'il s'agissait, en fait, d'autant de bombes à retardement. Alya, tu ne mettrais pas bien longtemps à le découvrir, était faite, comme l'étoile qui porte son nom, d'une matière hautement inflammable.

Alya expliqua de quelle manière, grâce à un système élaboré de barrages et d'écluses, on s'était servi des eaux du Lindre pour alimenter les canaux qui entourent les fortifications de la ville de Metz située à une soixantaine de kilomètres.

Mais Kafka ?

Oui. Alors, toute petite, elle avait entendu parler de ça : le célèbre écrivain pragois et son ami avaient pendant quelques jours, au début de l'été 1911, honoré Tarquimpol de leur présence. Elle disait se souvenir d'une photographie qu'on lui avait souvent montrée, toute petite, et qui revenait souvent dans les conversations. Sur ce cliché, on apercevait Kafka, coiffé de son éternel chapeau dur, posant en compagnie de Max Brod devant la façade du Château d'Alteville.

Tu écarquillais les yeux. Elle riait.

Tu ne savais plus ce qui, de l'histoire qu'elle racontait, de la forme elliptique de son récit ou de sa voix éraillée, te plaisait davantage, mais tu l'écoutais.

Une tante d'Alya vivait toujours dans la région de Tarquimpol. Tante Mirella avait épousé un garde forestier et ils habitaient une maison de fonction, au bord du Lindre, à deux pas du Château d'Alteville et des ruines de Décempagi. Si quelqu'un savait quelque chose à propos de cette photographie, c'était bien elle. Alya se proposait donc, puisque tu semblais si intéressé par cette histoire, de communiquer avec sa tante dès son retour en France et de la questionner à ce sujet.

Tu ne disais pas non.

« Mais je suis là, je parle, je parle ! Une vraie pie ! »

Non, non ! C'était parfait. Elle pouvait parler, parler. Tu ne demandais pas mieux, mais elle se taisait maintenant.

Pour rompre ce silence qui devenait gênant, tu as mentionné que *Le procès* était certainement le roman le plus célèbre de Kafka. Elle l'avait lu, bien sûr. C'était, disait-elle, l'histoire d'un homme accusé par un tribunal invisible. « Oui, c'est celui-là. L'histoire de Josef K, un obscur petit employé de banque qui, un matin au réveil, se retrouve inculpé. Deux gardes et un inspecteur patibulaires l'en informent sous le regard inquisiteur de ses voisins et collègues de bureau, avant de lui proposer de le conduire à son travail. Josef K est alors entraîné dans une procédure folle qui le conduit inexorablement à sa perte, car bien qu'aucun verdict ne soit jamais prononcé, deux fonctionnaires à demi idiots l'exécutent à la fin, presque en catimini, dans une carrière abandonnée. »

« Oui, c'est ça, dit-elle. C'est exactement ça. »

Tu lui as avoué, de cet air détaché que tu souhaitais aussi coquin que romantique, que tu hésitais à choisir Kafka comme sujet de maîtrise. Elle s'est tout de suite enthousiasmée pour ce projet. N'y avait-il pas cette piste à vérifier : le possible passage de Kafka dans le minuscule village de Tarquimpol ? Tu devais voir ce lieu mythique, disait-elle. Elle tenterait de retrouver le fameux cliché. Si tu passais par l'Ardèche, son coin de pays – l'Ardèche est un département du sud-est de la France, bordé par la vallée du Rhône et célèbre pour ses tours penchées, ses bons vins, ses fromages de chèvre et ses saucissons secs –, elle pourrait te communiquer d'excellentes adresses ou même t'accueillir chez elle, à Soyons.

Pourquoi pas.

Une heure plus tard, au moment de vous quitter, vous vous êtes pudiquement embrassés sur la joue. Ta main a glissé sur sa chute de reins. Tu n'as pas réfléchi à ce que tu faisais. Ta main a simplement glissé. Tu ne te souvenais pas de ce petit geste posé en toute innocence ; c'est elle qui, bien plus tard, te l'a rappelé. C'était ça qui l'avait fait craquer. Toi, bien sûr, tu en pinçais pour elle depuis la seconde où tu l'avais aperçue à l'Ambassade ; mais pour elle, ç'avait été ça, le subtil déclencheur, cette errance impromptue de ta main sur sa chute de reins.

Cet été-là fut infernal sur tous les plans. Dans ta maison de la rue Midas, dans la sordide banlieue-dortoir de Québec, tu errais d'une pièce à l'autre, en proie à une torpeur assez malsaine. Tu essayais d'écrire, mais tu n'arrivais à rien. Avec Zari, vous aviez prévu faire un voyage en Iran au mois d'août. Pour elle, ce devait être une espèce de retour aux sources : un séjour d'un mois dans sa famille, à Chiraz. En principe, vous alliez devoir manger des pistaches vertes et boire du thé dans de petits verres brûlants pendant tout ce temps. Seulement voilà, les barbus de la République islamique d'Iran n'ont jamais consenti à te délivrer un visa de séjour. Ils ont d'abord exigé un certificat de mariage. Tu t'es empressé de leur en fournir un, mais ils aussitôt contesté sa validité parce qu'il ne s'agissait pas d'un certificat de mariage musulman.

Pour t'accorder ce visa de séjour, les mollahs exigeaient un certificat de mariage islamique. C'était l'impasse. Pour les barbus de la République, tout ce qui n'est pas régenté par l'islam est forcément démoniaque. Un certificat de mariage musulman fera l'affaire si vous souhaitez voyager en Iran avec votre conjoint. On pourra l'exiger dans n'importe quel hôtel iranien. Les couples qui n'en ont pas sont bons pour la fourrière municipale. Ce qui, dans votre cas, compliquait les choses, c'est que Zari est bahá'íe. Dans ces circonstances, un mariage musulman, même bidon, ne pouvait être envisagé ; il ne pouvait l'être parce que les bahá'ís, minoritaires en Iran, supportent stoïquement les persécutions de la majorité chiite depuis plus d'un siècle et demi et qu'il est impossible de leur faire renier leur foi. Les mollahs iraniens ont tout essayé : vingt mille bahá'ís sont morts (les bahá'ís parlent plutôt de martyrs) parce qu'ils ont refusé d'apostasier leur foi. Certains ont été découpés en fines rondelles, dépecés en lanières, d'autres ont été crucifiés, fusillés ou immolés.

C'est historique.

Devant la somme inépuisable de contraintes légales, religieuses et administratives proprement kafkaïennes qu'on opposait à ton désir d'aller en Iran, tu avais fini par renoncer à ce voyage que tu désirais pourtant entreprendre depuis plusieurs années. Si Zari avait été durablement aigrie par tout cela, tu t'étais bien vite consolé en pensant qu'il te serait possible, ce voyage annulé, de revoir Alya avant son départ pour Paris.

Tu l'as donc rencontrée trois fois par la suite : une première fois le sept juillet, dans les locaux d'une radio communautaire où elle se terrait nuit et jour. Tu dis qu'à force, elle était pâle comme la mort. Ce soir-là, elle a enregistré ta lecture et vous avez terminé la soirée dans un pub de la rue Cartier en compagnie de Benoît, un photographe un peu fêlé qui, comme tu devais l'apprendre plus tard, avait attiré l'attention d'Alya sur ton roman et sans qui vous ne vous seriez sans doute jamais revus après votre brève rencontre à Paris puisqu'elle s'était empressée de t'oublier du moment que tu étais sorti de son champ de vision.

La chimie était bonne entre vous deux ce soir-là ; comme elle l'avait été à l'Impasse des deux anges, une semaine auparavant. Les clichés pris par Benoît en témoignent : tout semble tenir dans le regard et, comme tu t'es plu à le répéter souvent par la suite, vos corps semblaient déjà savoir ce que vous cherchiez encore à ignorer.

Le plus grand plaisir qui soit après l'amour,
c'est d'en parler.

Louise LABÉ

Un soleil éblouissant se lève sur l'Ardèche, mais il faudrait une matinée brumeuse pour parler de Tarquimpol, histoire de créer l'ambiance appropriée. Alya dit que les poules auront des dents avant que tu n'obtiennes ce brouillard que tu souhaites tant dans ce coin de l'Ardèche où, t'assure-t-elle, le soleil brille trois cents jours par an. De toute façon, tu n'as pas très envie de penser à Tarquimpol et tu n'as surtout pas envie de faire quelque chose que tu n'as pas envie de faire. Tu n'as d'ailleurs pas beaucoup de temps devant toi, parce que vous êtes invités tous les trois à dîner chez des copains d'Alya. C'est fou la quantité de copains qu'elle a, Alya. Et il en débarque chaque jour de nouveaux. Tu n'arriveras jamais à retenir les noms de la moitié d'entre eux. Il y a Michou, Sébastien, Paule, Marie, Jacquot, Jean-Claude, Jean-Michel et Louise, Michèle et Marc, Dédé, Josée…

Surtout, avant d'en arriver à Tarquimpol, tu voudrais raconter votre troisième rencontre à l'Impasse des deux anges.

C'était un treize juillet. Alya t'a téléphoné ce jour-là pour te demander si tu pouvais lui consacrer une heure ou deux et l'emmener en balade en dehors de la ville pour lui permettre d'enregistrer quelques chants d'oiseaux ou d'insectes ; des échantillons dont elle aurait besoin pour ses ambiances sonores. Tu étais ravi parce que tu avais très envie de la revoir et tu t'es tout de suite dit que ce serait une occasion d'être avec elle en pleine nature et que ça pourrait être très inspirant et donner à votre amitié naissante une impulsion nouvelle ou lui faire prendre un virage inespéré.

Le quatorze juillet, tu es donc passé prendre Alya à l'Impasse et vous avez roulé vers le nord, en direction de Stoneham. Elle portait, cette fois, une robe d'été blanche, très légère, qui ne laissait voir que ses chevilles. Tu étais si content de la revoir. Un peu gaga d'elle, en vérité. Tu ne cessais de parler en conduisant, trop heureux de lui faire voir la campagne environnante et, surtout, de la sortir de son studio d'enregistrement pour qu'elle profite d'un peu de soleil et d'air pur.

Au volant de ta voiture, tu as cherché un coin tranquille où Alya pourrait collecter des échantillons sonores, comme elle disait. Tu as stoppé au bord d'un champ couvert de verge d'or, à une quarantaine de kilomètres du centre-ville. Elle est sortie avec son matériel, micro et casque, et elle s'est mise à crapahuter un peu partout, à s'ébrouer dans l'herbe et à resplendir sous le soleil de juillet. Plus tard, elle a dit vouloir enregistrer du silence et vous avez cherché du silence. Toi, du coin de l'œil, tu l'as cherché dans ses chevilles très blanches et délicates, dans l'ombre légère qui se profilait entre ses seins chaque fois qu'elle se penchait. Tu ne disais rien.

C'est devenu impossible, de nos jours, de dénicher un endroit qui n'est pas pollué par le vacarme totalitaire de l'activité humaine. Jusqu'à la fin de l'après-midi, vous vous êtes enfoncés toujours plus profondément dans la forêt à la recherche d'un semblant de silence, mais il y avait toujours quelque chose qui n'allait pas : c'était soit la proximité de l'autoroute et le passage incessant des voitures et des poids lourds, soit les exercices de tir de l'armée canadienne qui avaient pourtant lieu à plusieurs kilomètres du secteur où vous vous trouviez, soit enfin, lorsque vous avez cru vous être suffisamment éloignés de la civilisation, le vrombissement lointain mais prolongé d'un avion à réaction striant le ciel.

Vous avez ri de la bêtise des hommes qui ne peuvent plus apprécier ne serait-ce qu'une minute de silence et de votre propre obstination à le rechercher malgré tout.

Tu pouvais facilement imaginer Alya dans sa robe blanche évanescente, vers le milieu des années soixante-dix, sillonnant l'arrière-pays armée d'un

microphone et d'une enregistreuse à ruban complètement cradingue, enregistrant d'antiques sornettes
balbutiées par des vieillards ; histoires et contes qui
deviendraient des trésors nationaux que l'on
s'empresserait de ficher et de classer dans le grand
cafouillis culturel quelque part dans un coin au cas
où peut-être, dans cent ans ou bien cent mille, quelqu'un aurait l'idée d'écouter ces vieilles bandes et
d'essayer d'y découvrir l'empreinte ou le souvenir
d'une identité culturelle quelconque.

Plusieurs fois, tandis que vous étiez étendus dans
l'herbe brûlante et qu'Alya brandissait son micro
dans l'attente d'un bruissement de feuilles ou d'un
chant de grillons, tu as entrevu ses charmants petits
seins d'oiseau et le peu qu'il y avait à contempler là
laissait présager une perfection à laquelle toutes les
parties de ton être aspiraient. Mais il y avait encore
loin de la coupe aux lèvres et, ce jour-là, comme lors
de vos précédentes rencontres, vous avez résisté à
l'attraction démesurée que vous éprouviez l'un pour
l'autre et tu l'as sagement ramenée en ville.

Le soleil sur sa peau et le vent capricieux d'un
après-midi de juillet avaient suffi. Tu étais presque
amoureux d'elle. Presque ? Non. Totalement désar-
mé. Tu savais tout cela depuis le début, bien sûr : la
fulgurance et le prix à payer, depuis l'instant où vos
regards s'étaient croisés. Pas à l'Ambassade où, tu le
savais, ç'avait été de l'ordre du malentendu, mais
plutôt depuis votre première rencontre à l'Impasse
des deux anges. Tu as compris tout de suite qu'il y
aurait d'un côté ta vie avant Alya et de l'autre, ta vie

après elle, mais que peut-être, seules compteraient vraiment les minutes et les heures écoulées dans l'intervalle.

Tu ne comprends rien à ce que tu ressens pour elle, mais c'est quand même un inoubliable instant que celui-ci. Tes doutes se dissipent lentement et font place à une euphorie que rien, pas même sa présence à ton côté, ne justifie. Alya, c'est une énigme de plus dans ta vie. Tu ne sais pas ce qu'elle signifie pour toi.

Tu as toujours erré dans les bras des femmes, c'étaient des échouages nécessaires. Tu as toujours cherché à t'approcher d'elles, à renifler leur sexe, à les lécher, à les retenir par de belles paroles, à leur prouver ton amour ; mais l'amour, dit Alya, tu ne sais pas ce que c'est.

Elle le dit avec la force et l'assurance qu'il faut. Elle le dit sur la véranda, sous la glycine, toute nue dans sa chaise longue, un verre de bière fraîche à la main. Elle le dit en riant, tandis que tu masses ses petits pieds endoloris d'avoir grimpé jusqu'à la Tour, cet après-midi, et d'en être revenus par le sentier de la falaise. Tu dis qu'elle aurait pu se tuer et ça la fait rire encore plus.

L'amour, toi, tu n'as pas la moindre idée de ce à quoi ça peut ressembler. Mais Alya sait de quoi elle parle. Elle sait ce que c'est que l'amour, elle ! Elle a été conçue, elle est née et elle a grandi dans l'amour. Dedans ! Mais tu ne parlais pas de cette sorte d'amour-là.

Et combien de sortes d'amour y a-t-il, selon toi ? Tu ne sais pas. Plusieurs, sans doute. Amours pluriels, amours d'un jour et de toujours, amours d'un cœur innombrable.

Tu dis que l'amour n'est qu'une intoxication à l'être, une forme de dépendance. Elle rit. Tu es vraiment trop stupide. Elle ne dira plus rien.

Pourquoi ?

Parce qu'il va d'abord falloir faire ton éducation. Ça risque d'être long !

Votre dernière rencontre eut lieu en août, peu de temps avant le départ d'Alya. Vous aviez rendez-vous, cette fois encore, à l'Impasse des deux anges. Vous aviez tous les deux la mort dans l'âme parce que, depuis le début, le nom de ce bistro évoquait la triste conclusion à laquelle vous vous sentiez condamnés.

Il y avait trop d'intensité entre vous, de non-dit, d'inachevé, de promesses informulées pour que vous puissiez prétendre l'ignorer plus longtemps. Vos tressaillements ne passaient plus inaperçus. Vous étiez pathétiques, assis à cette table de l'Impasse, à essayer de vous faire croire qu'il n'y avait vraiment rien entre vous deux.

Cet été-là, en proie à une torpeur imbécile pendant les longs après-midi de canicule, tu as écouté son émission sur les ondes de la radio communautaire. Il t'arrivait de te masturber en pensant à elle et elle t'avoua plus tard s'être elle aussi caressée en imaginant ton corps nu contre le sien. Tu pouvais facilement visualiser la scène. Tu entrais dans le minuscule studio surchauffé et tu la découvrais installée à califourchon sur le bras d'un fauteuil, s'évertuant à jouir. Elle tournait légèrement la tête vers toi et soutenait ton regard tandis qu'elle se branlait. Dans tes fantasmes les plus expéditifs, tu t'approchais d'elle et tu la prenais simplement debout, par derrière. Lorsqu'ils se prolongeaient, tes fantasmes mettaient aussi Laurie en scène. Elle se faufilait par la porte entrebâillée pour venir vous rejoindre. Elle s'agenouillait devant Alya et léchait sa chatte en serrant ses petits seins entre ses doigts. Des oisillons prêts à s'envoler. Tu ne sais plus combien de fois tu as tenté de jouir en te représentant cette scène, mais quelque chose t'en empêchait ; peut-être la certitude de la mort, ou quelque chose de plus trivial encore, comme la possibilité que ta femme ou l'un des enfants fasse irruption dans ta chambre pendant que tu te caressais.

Ce dernier après-midi, à l'Impasse, vous saviez tous les deux que vous passiez à côté de quelque chose d'unique, de tendre et d'agréable. Le genre de chose qui donne l'impression d'être bien vivant sous le soleil et d'avoir sa place dans les bras de quelqu'un.

En plus, il a fallu que vous tombiez sur le professeur Ménard, ton directeur de thèse. Vous avez été conviés à la table qu'il partageait avec l'un de ses étudiants et Ménard s'est chargé de nourrir la conversation avec tout le zèle qui le caractérise, vous évitant ainsi de vous appesantir sur votre histoire commune qui, selon toute vraisemblance, allait s'achever avant même d'avoir commencé.

Ménard était en verve. La présence d'Alya, qui lui plaisait manifestement, semblait le stimuler. Tu l'avais choisi comme directeur à cause de sa réputation de kafkalogue, sans savoir que c'était aussi un tombeur réputé. On disait qu'il était passé sur tout le monde, au département, les hommes comme les femmes et la plupart des couples.

Et toi, il t'est passé dessus ? Ah non, par exemple ! Ben, c'est pas tout le monde alors ! avait décrété Alya bien plus tard.

Pour l'instant, Ménard était déterminé à vous instruire de sa science. En trois coups de cuiller à pot, la discussion devint un monologue autour de ses théories sur Kafka.

« Le Josef K du *Procès* est coupable, bien sûr. Mais de quoi ? *Le procès* ne le dit pas, mais il nous le donne à voir. Josef K est coupable de ne pas appartenir au tribunal. C'est sa singularité qui le désigne naturellement aux autorités, c'est elle qui le condamne. Vous ne croyez pas ? »

La question s'adressait à Alya, bien sûr. Tout en parlant, Ménard se penchait vers elle. On aurait dit un ogre penché sur une poupée de porcelaine. L'autre étudiant et toi – Ménard ne s'était même pas donné la peine de vous présenter – aviez tout simplement été éjectés de la conversation, relégués dans des rôles de disciples ébahis.

« De tous les personnages du *Procès*, poursuivait Ménard sans jamais détacher son regard d'Alya, la petite Leni demeure, et de loin, le plus énigmatique. Leni est l'infirmière de l'avocat, mais Kafka suggère malicieusement qu'elle en fait bien davantage pour le vieil homme que sa profession ne l'exige.

« Après avoir entraîné Josef à l'écart pour le séduire, Leni exhibe une main palmée : la membrane qui relie ses doigts remonte presque jusqu'à leur dernière articulation. Josef K s'écrie : "Quel joli caprice de la nature !" et il ne croit pas si bien dire. C'est l'avocat lui-même qui, plus tard, lui expliquera que l'attirance irrésistible que Leni éprouve pour les accusés est un phénomène lié aux sciences naturelles, et lui non plus ne pouvait pas mieux dire ! »

Depuis le début, Ménard se gargarisait d'évidences et il devenait clair que sa plaidoirie n'avait d'autre objectif que de faire d'Alya son infirmière privée.

Mais privée de quoi, au juste ? De toi, peut-être ?

Alya ne semblait plus savoir que tu existais, ni qu'il s'agissait de votre dernière rencontre avant son départ. Son regard se perdait dans celui de Ménard et tu aurais aussi bien pu être un cafard et te trouver sur une planète glacée à la périphérie du système solaire, ça n'aurait rien changé.

« En vérité, reprit Ménard, et même s'il est impossible que Kafka ait eu connaissance de découvertes scientifiques qui allaient être faites des décennies plus tard, cette histoire de main palmée n'a rien d'absurde. Nos gènes ont conservé des traces importantes de ce que nous avons été à des étapes lointaines de notre évolution et, à un stade précoce de son développement, l'embryon humain produit des tissus cellulaires destinés à devenir des palmes et des branchies, comme pour nous rappeler ce que nous avons été avant d'être ce que nous sommes : d'abord des poissons, puis des reptiles ou des batraciens. »

Ménard mesure l'effet de ses paroles. Il daigne même t'adresser un bref regard de connivence, ce con, comme s'il n'était pas en train de torpiller tous tes espoirs.

« Si nous ne naissons ni avec des mains palmées ni avec des branchies, c'est parce que ces tissus sont éliminés pendant la gestation. Il n'en reste aucune trace à la naissance. C'est ce qu'on appelle la mort cellulaire programmée. »

Merci beaucoup pour ces précisions, professeur. On peut avoir l'addition et s'en aller maintenant ? Mais non, Ménard ne lâche pas facilement ses proies. Il vous assène sa science en prenant des poses. Il est brillant, Ménard. Il n'en a jamais douté une seule seconde.

« Les implications de cette découverte donnent le vertige : ça ne signifie pas seulement que nous commençons à mourir avant même de naître ou que la mort est inscrite en nous comme le serait un programme irréversible et fatal. Ça veut dire aussi que nous ne sommes vivants que parce que nous mourons, que le processus par lequel nous sommes créés est aussi celui par lequel nous sommes anéantis. Dire que Leni a des doigts palmés, c'est une façon de dire que la mort n'a pas prise sur son être. Elle incarne l'impossibilité de la mort, c'est-à-dire l'outrance de la stupeur de vivre et la fureur voluptueuse du désir, et c'est ce qui explique qu'elle soit attirée par les accusés, tous prisonniers de la procédure intentée contre eux. Car le verdict ne tombe jamais d'un coup, précise l'avocat de Josef : c'est la procédure elle-même qui se transforme peu à peu en verdict. C'est elle qui rend les accusés si séduisants aux yeux de Leni. La procédure serait la mort elle-même à l'œuvre au cœur de la vie, le moyen par lequel la vie nous tue. C'est tout ce qui a été épargné à Leni, tout ce à quoi, grâce à sa lubricité d'écolière, elle semble échapper. »

C'est là qu'Alya s'est tourné vers toi et t'a imploré du regard. « Emmène-moi loin d'ici, semblait-elle dire, tire-moi des griffes de ce moulin à paroles ! » C'était inespéré. Tu as prétexté un rendez-vous à l'autre bout de la ville et vous vous êtes gentiment éclipsés. Vous avez marché jusqu'aux plaines d'Abraham, d'où vous avez longuement contemplé le fleuve en silence, comme s'il avait eu le pouvoir de rattraper ces précieuses minutes ou de leur donner un sens.

Tu essayais de paraître aussi décontracté que possible et n'y parvenais qu'à moitié. Alya laissait planer son regard au loin et tu te disais en l'observant d'un air gourmand qu'il serait bon de la prendre, de la retourner dans tous les sens et d'en faire ta petite Leni. Ton dernier rempart contre la mort. Mais cette fois encore, en parfait gentleman ou en parfait idiot, selon le point de vue, tu l'as sagement raccompagnée chez elle.

Tu lui as parlé au téléphone quelques jours avant son départ. Sa voix était grave et traînante, peut-être encore plus que d'habitude. Vous avez échangé vos adresses électroniques sur ce ton quasi solennel des adieux auxquels on se refuse à croire. Alya se disait satisfaite de son séjour ; elle avait réalisé à peu près tout ce pour quoi elle était venue au Québec et retournait à Paris avec les voix de plusieurs écrivains. Elle insistait pour que tu communiques avec elle, à l'occasion, si tu souhaitais pousser cette recherche sur Kafka et son possible séjour au Château d'Alteville.

Elle promit encore une fois de faire l'impossible pour retrouver ce fameux cliché de l'écrivain posant en compagnie de son ami Max Brod ; puis repartit le jour même pour Paris. Tu as eu l'impression de faire la plus grosse bêtise de ta vie en la laissant filer.

Il a plu cette nuit et il fait froid dans la maison ce matin. Le chauffagiste doit passer d'un jour à l'autre pour vérifier la chaudière. En attendant, tu envisages de faire un grand feu de bois dans la cour parce que, d'après Alya, la cheminée du foyer en pierres des champs n'est bonne qu'à enfumer la maison.

La nuit dernière, tu as encore rêvé de Zari et des manigances aussi nombreuses que futiles qu'elle mettait en œuvre pour t'embarrasser devant vos amis communs. Tu n'as jamais essayé de te justifier d'avoir plaqué Zari sans motif apparent.

Rien n'est plus désolant que le chapelet de doléances et de récriminations qui te viennent à l'esprit et qui ne prouvent rien, si ce n'est ton manque absolu de clairvoyance. Tu voudrais quand même essayer de donner une idée, même approximative, de la faramineuse complexité de votre situation familiale pendant ces douze années de vie commune.

Zari a treize ans de plus que toi. Cet écart assez important ne vous a pas trop gênés pendant toutes ces années. Zari ne paraît pas son âge et à l'époque de votre mariage, ses deux filles pouvaient encore être prises pour ses sœurs. À la longue, cependant, cette différence d'âge, comme aussi sans doute le fait que les filles de Zari devenaient, sous tes yeux, de superbes et plantureuses jeunes femmes, te pesèrent. Lorsque tu l'as épousée, à vingt-quatre ans, Zari avait trente-sept ans. Cette différence d'âge ne devenait un obstacle que dans la mesure où tu te rendais bien compte qu'elle serait de plus en plus problématique au fil des ans. Lorsque tu aurais quarante-sept ans, elle en aurait soixante. Cette pensée te navrait, peu importe sous quel angle tu la considérais.

Tu ne saurais dire pourquoi, ni à quel moment, tu en vins à te désintéresser complètement de Zari. Ça n'a pas une si grande importance, d'ailleurs. Ce n'est pas plus important que de savoir pourquoi, à l'âge de douze ans, tu t'es tout à coup désintéressé de la géologie, de ta collection de timbres-poste, de ton train électrique et des dynasties pharaoniques – toutes choses qui t'avaient jusqu'alors passionné –, pour ne plus t'intéresser désormais qu'aux filles.

Il serait bien plus important de savoir, par exemple, ce que serait aujourd'hui notre monde si Einstein avait excellé en mathématiques, si Shakespeare avait été empereur de Chine, si Hitler avait assumé ses pulsions homosexuelles ou si John F. Kennedy n'était pas allé à Dallas le vingt-deux novembre 1963. Infiniment plus intéressant, instructif et propre à susciter la réflexion.

Tu dis que ta vie ne te ressemble pas, mais ce n'est pas vraiment ça. C'est parce que tu as fait de drôles de choix à certains moments ; des choix qui, sur le coup, et même longtemps après, donnaient de toi l'image d'un homme qui ne te ressemblait que de manière approximative.

Pendant une dizaine d'années, tu as porté la moustache parce que Zari disait qu'un homme sans moustache lui faisait penser à un enfant et que les vrais hommes véritables doivent porter la moustache. En réalité, sans moustache, tu paraissais encore bien plus jeune. Mais peut-être aussi appréciait-elle le contact des longs poils soyeux sur ses lèvres et son sexe.

Les photographies de cette période montrent un jeune cadre dynamique au sourire carnassier. Tu as conservé plusieurs portraits de famille, des clichés pris à la hâte devant la maison de la rue Midas : Zari et toi, les deux filles de Zari, ton propre fils et ta fille.

Vous formiez, tous les six, ce qu'il convient d'appeler, dans le jargon des sciences sociales, une famille mixte reconstituée, multiculturelle, multiraciale et multireligieuse. Forcément multidysfonctionnelle, donc.

Heureusement, Zari et toi n'avez jamais eu d'enfants ensemble. Ça ne vous a pas empêchés d'en élever quatre sans trop de difficultés.

Oui, quatre.

Les deux filles de Zari étaient déjà adolescentes au moment de votre mariage. À cet âge ingrat, elles affublaient leur père biologique d'un sobriquet charmant et des plus évocateurs : elles avaient pris l'habitude, même à table, de référer à lui en l'appelant « le chien » sous prétexte que leur mère ne supportait pas d'entendre prononcer son nom. Tu aurais dû voir venir les emmerdements dès ce moment-là, sous la forme d'un gigantesque cimetière de mammouths, mais tu n'as jamais rien vu venir.

Il y avait donc ces deux-là, plus ton fils Richard, plus Sara, ta fille adoptive ou, si l'on veut, la demi-sœur de ton fils.

C'est très simple.

Les portraits de tout à l'heure, ceux de ta si improbable famille mixte reconstituée, détonnent singulièrement quand tu les compares à ceux de l'époque antérieure, celle où ton monde était encore éclaboussé par le rire de Leila.

Leila est la mère de tes enfants. Quand tu l'as rencontrée, elle avait vingt-quatre ans et elle était déjà la maman d'une adorable petite fille aux cheveux blonds comme les blés : c'est Sara.

Vous avez vécu ensemble deux merveilleuses années riches de promesses, mais de promesses non tenues parce que Leila est morte dans un accident de la route neuf mois après la naissance de Richard. Un soir de janvier. Rien de plus banal quand tu y repenses. Quand la tempête a éclaté, vous reveniez de Québec dans votre petite Honda vert pomme. Une neige compacte se déversait sur la route. Visibilité nulle. Il a suffit d'une seconde d'inattention. Tu n'as jamais vu venir la camionnette qui vous a percutés. L'impact vous a projeté dans le fossé. Ni les enfants ni toi n'avez été blessés. Pas la moindre égratignure. Leila n'a pas eu cette chance. Elle a subi un « traumatisme crânien sévère et fatal » selon l'expression du coroner qui a rédigé l'acte de décès.

Il a fallu qu'elle meure dans tes bras. Que tu la regardes partir en silence en attendant les secours. Tu sais parfaitement de quoi sont faits les regrets de toute une vie.

Il ne sera pas utile de revenir là-dessus. Jamais.

Ça t'a déprimé de raconter tout ça, mais c'est vrai qu'on le serait à moins. Alors tu te lèves et, comme pour prouver que ton intention n'a jamais été de déprimer qui que ce soit, tu vas chercher une bouteille à la cave. Les sympathiques cambrioleurs en ont laissé quelques-unes. Ils avaient peut-être l'intention de revenir boire un coup dans leurs temps libres ?

Tu es d'un naturel plutôt jovial la plupart du temps. Il en faut beaucoup pour t'abattre et bien peu pour te relever. Alors tu bois à la vie. Tu trinques avec la falaise de Soyons, avec le laurier qui resplendit au fond du jardin, avec l'immense grue qui se dresse dans la cour. Tu lèves ton verre, plus seul qu'un ver solitaire, à la santé de tout ce qui grouille, grenouille et ne s'agenouille devant rien ni personne.

Puis tu te remets à écrire. Bien sûr, c'est ton travail, la fiction.

Tu voudrais créer une œuvre de fiction qui ressemblerait davantage à la vie que la vie elle-même. Tu sais bien que c'est impossible, mais tu as cette belle phrase en tête, à propos de la littérature, qu'il s'agit de concevoir comme une tentative d'épuisement de la représentation du monde. C'est un projet utopique parce que, pour épuiser la représentation du monde, il faudrait couvrir toute la carte de l'existence, la recouvrir littéralement. Tu démontres l'impossibilité d'une telle chose en utilisant un mouchoir de poche que tu déplies soigneusement sur la table. Si ce mouchoir de poche devait représenter la carte de l'existence, il serait infini, comme l'univers lui-même. Tu essaies d'imaginer l'exploit que représenterait le déploiement de ce mouchoir de poche, son dépliage sur l'Europe, puis sur la Terre entière…

C'est bien beau la fiction, mais dans ton travail, tu dois composer avec les interruptions intempestives et régler divers problèmes domestiques. La liste en serait fastidieuse.

Il y a d'abord eu ce coup de téléphone de Madame la Directrice Principale Adjointe du Collège Charles-de-Gaulle qui tenait à te faire savoir que Richard se comporte comme un touriste de seconde s'imaginant voyager en première. Il y a eu cette dame de la foire du livre où tu dois te rendre à la fin du mois, qui demande si tu peux fournir une preuve de nationalité québécoise. En d'autres termes, est-ce que tu trimballes une cabane en bois rond dans tes bagages, un teepee, ou faut-il te réserver une chambre d'hôtel comme on le ferait pour n'importe quel autre scribouilleur ? Il y a eu, enfin, la visite de ce vitrier qui promettait, depuis un mois, de vous faire cet honneur parce qu'il vous faut de toute urgence remplacer les trois portes-fenêtres que les cambrioleurs ont fracassées avant votre arrivée.

Mais non, faut pas rêver. Le vitrier n'est pas venu. Il a seulement téléphoné pour dire qu'il essayerait de passer la semaine prochaine. Pas mal de gens croient que les écrivains s'installent confortablement dans leur bureau pour écrire et que, là, ils s'enferment dans une espèce de bulle bien hermétique et qu'ils appuient sur un bouton appelé imaginaire ou inspiration ; que là, l'histoire se met aussitôt à défiler sous leurs yeux comme à l'écran et qu'il ne leur reste plus qu'à l'écrire. Ça ne se passe pas tout à fait ainsi.

Là, par exemple, Alya débarque avec une bouteille de dissolvant à peinture qu'elle a du mal à ouvrir et elle estime que c'est à ton tour de te mutiler les jointures en essayant d'en dévisser le couvercle.

Écrire, c'est donc beaucoup plus compliqué et ardu qu'on le croit généralement. Il faut avoir un pied dans chaque monde et se tenir ainsi dans un équilibre précaire. Un pied sur le mouchoir de poche et un pied sous la table.

C'est pourquoi bien des écrivains donnent l'impression d'être là sans y être, de faire toutes choses sans les faire et de se tenir sur une seule patte au-dessus du vide. C'est pour cette raison, aussi, que la mort d'un écrivain passe si souvent inaperçue. Normal, parce que leurs livres, eux, ne meurent pas – ou alors très lentement, on peut l'espérer – et continuent de nous dire que l'écrivain est vivant même s'il est bel et bien dans sa boîte sous deux mètres de bonne terre à jardin que l'on ferait mieux de dédier à des fins plus utiles, attendu que les écrivains sont, à quelques exceptions près, plus fertiles de leur vivant qu'une fois compostés.

À midi, c'est Marie, la copine accordéoniste d'Alya, qui a débarqué avec sa pile de poèmes. Des instantanés, comme elle dit, qu'elle tenait à te faire lire. Maintenant qu'elle est partie, qu'elle a remballé son accordéon diatonique et ses instantanés, la copine Marie – qui connaît quand même bien tes goûts puisqu'elle s'est amenée avec un Côtes du Rhône Village –, c'est Mimi, ta belle-sœur, qui rapplique avec toute la Sainte Famille. C'est comme ça toutes les semaines depuis des mois. Ils s'amènent et foutent le bordel dans la maison sous prétexte de faire un tri dans leurs souvenirs de famille. La belle-sœur enfile des gants de chirurgien et remue un max de poussière. Elle fourre quelques merdes dans des cartons que son mari empile dans leur camping-car pendant que les gamins caracolent un peu partout. Ils en ont bien pour l'après-midi, cette fois encore, mais tu n'es pas disposé à leur céder un pouce du salon.

Pour l'instant.

En vérité, tu campes sur tes positions pendant plus d'une heure avant de battre en retraite en direction du jardin où tu pourras tranquillement continuer à faire semblant d'être très occupé.

Tu repenses à Marie, la copine qui fait valser les passants sur la place du marché. Elle t'a dit qu'elle pensait très souvent à sa propre mort comme à un événement d'une troublante proximité. Elle n'a que quarante-quatre ans. Tu lui a lu, dans la partie du salon – le salon, plus que jamais, c'est Bagdad –, dans la partie du salon que tu as aménagée en bureau et où pendouillent à des cordes tendues d'un bout à l'autre de la pièce les feuillets couverts d'une écriture nerveuse qui deviendront peut-être un roman – tu ne savais pas que Jack London faisait la même chose –, tu lui as lu des passages de ce cahier.

La mort. La mauvaise gérance. Le temps qu'il nous reste. Jamais assez. Tout ça. Elle est repartie peu après. Tu ne l'as manifestement pas rassurée. En te remettant ses écrits – ses instantanés –, elle a dit : « Je ne sais pas pourquoi je te les montre. En tout cas, ce n'est sûrement pas pour avoir ton opinion parce que j'en ai vraiment rien à foutre. »

Honnêteté désarmante.

Maintenant, c'est René qui va débarquer d'une minute à l'autre. René est un ancien copain de fac d'Alya devenu sculpteur sur métal. Alya et toi l'avez croisé à la sortie d'un cinéma, peu de temps après votre arrivée à Soyons. Depuis, chaque fois qu'il a du temps à perdre, René rapplique et vous donne un coup de main avec les rénovations. Alors il va falloir charger tout un bric-à-brac dans sa camionnette en prévision des puces, demain à la Voulte. Tu vas devoir te lever à cinq heures du matin et tu préfères ne pas y penser.

Toutes les interruptions ne sont pas aussi désagréables. Tu penses à la mort qui est certainement la plus désagréable interruption qui soit. Mais écrire, ce n'est rien d'autre que regarder la mort en face jour après jour et rester dans le noir comme une espèce de flamant rose un peu somnambule et scruter la nuit dévorante avec des yeux ronds, solitaires et farouchement libres. Certaines interruptions sont même franchement agréables. Aller à pied jusqu'au bureau de poste du village et trouver une lettre de Laurie, par exemple.

Elle évoque sa venue prochaine en France et, du même souffle, te demande à la blague s'il faut être masochiste pour faire ce satané métier d'écrivain. Oui ! Maso ! Tordu ! Bien sûr ! Et n'avoir rien de mieux à faire que de repeindre les volets bleus d'une baraque en ruine. Tu lui réponds, à Laurie. Tu cites ce fou de Blanchot pour qui la pérennité de la littérature s'appuie sur sa propension à disparaître.

Alors parlons de la fiction, Laurie. Parlons du spectre de la fiction. Lesquelles sont les plus dangereuses, à ton avis ? Les fictions sociales ou les fictions publicitaires ? Les fictions religieuses, culturelles, historiques, politiques, identitaires ? Les fictions qui nous viennent d'Hollywood ou celles sécrétées par la Maison Blanche ? Les fictions de Ford ou de Toyota ? Celles des marchands d'armes ou celles des compagnies pharmaceutiques ? De quelles fictions parlet-on ? Tu ne dis pas qu'il y en a de bonnes et de mauvaises ; mais qu'il y en a de sournoises et qu'il y en a de plus sournoises encore. Tu écris à Laurie qu'à ton avis, le travail de l'écrivain, c'est de refuser l'amnésie collective ; que sa seule préoccupation devrait être de ne jamais trahir l'humain, mais elle sait déjà tout ça, la belle Laurie. Et tu le lui écris quand même pour le pur plaisir de l'échange.

Ton univers relationnel est une forêt de miroirs. Ce que tu vois en l'autre, c'est toi-même. Le meilleur et le pire de toi-même. Comme tout le monde, tu préfères t'entourer de gens qui te renvoient une image positive et valorisante. Laurie est l'une de ces personnes. Tu te réjouis de savoir qu'il y a une chance pour qu'elle passe par Soyons pendant son séjour en France. Laurie te plaît. Elle te plaît bien davantage que tu ne voudras l'admettre, peut-être même trop pour que tu aies jamais le courage de le lui dire. Tant pis pour toi.

Chère Laurie,
Si tu ne peux pas écrire, écris.
Si tu ne peux pas ne pas écrire, écris.
Si tu peux, méfie-toi.

Ce matin, Richard et toi avez été officiellement déclarés citoyens de la République française. Ton fils a été ravi d'apprendre qu'il n'aura pas à servir sous les drapeaux. On vous a même reçus au Moët & Chandon, s'il vous plaît, merci beaucoup, et vous avez trinqué à la Communauté nationale et aux principes d'égalité, de fraternité et de liberté.

Malgré tout, depuis quelques mois, tu sens que votre relation se détériore. Toutes ces pirouettes que vous exécutez pour ne pas vous voir, cette exaspération constante que représente, pour chacun de vous, la seule présence de l'autre dans la même pièce, tu sais qu'elles ne dureront pas ; mais ces moments n'en sont pas moins pénibles à vivre. Tu ne sais plus exactement à quel moment tu as fini par admettre qu'une relation sereine avec Richard confinait à l'impossible et que la seule chose qui te restait à faire, c'était d'attendre. Mais quoi ? Que Richard se passionne pour sa propre vie, peut-être ? Ou celle de quelqu'un d'autre. N'importe qui.

Un peu comme toi avec Kafka ?

Pendant tout ce temps, tandis que ton Richard passait de l'enfance à l'adolescence, tu as peut-être cru l'avoir abandonné. Mais tu es trop sévère avec toi-même. Et Richard va bien. Il traverse seulement une mauvaise passe.

En après-midi, tu avais rendez-vous chez un orthopédiste. D'après lui, tu as des pieds parfaits pour courir le cent mètres, mais ils sont totalement inefficaces pour ce qui est de supporter le poids de ton corps le reste du temps. Ça te fait une belle jambe.

Tu ressens à nouveau ce fourmillement. Ça ne ment jamais : l'idée de repartir te travaille déjà au corps.

Alya est partie dépenser du fric à la Boîte à Outils – chercher de la peinture, une bonbonne de gaz et un kit de démarrage pour la fosse septique –, tandis que Richard est à l'école, où ses professeurs se gardent bien de lui parler du passé colonial de la France, des centrales nucléaires et de la production d'armes ; toutes choses qui ont fait et font encore la prospérité de la République, mais dont on ne discute jamais, par ici, que du bout des lèvres parce que ça ne fait pas bon genre.

Tu t'es installé au salon avec un enregistrement des Gymnopédies et Gnossiennes d'Éric Satie que tu écoutes en boucle depuis des mois. Vous avez deux enregistrements fétiches : celui-ci et les *Trente-deux variations Goldberg* de Bach, interprété par Glenn Gould : *The Salzburg Recital,* 1959. Vous avez tant écouté cette musique qu'elle a désormais sur vous un effet quasi hypnotique. Vous avez même loué un piano pour tenter de jouer, à quatre mains, certaines de vos pièces favorites. Votre acharnement vous a portés pendant quelques semaines, mais vos piètres performances vous ont amenés à vous contenter d'écouter les enregistrements sans essayer de les reproduire. D'aucune manière.

C'était avant que René ne se mette à triturer ce piano, à le battre et à le frapper, si bien qu'il a fini par en tirer une espèce de jazz frénétique et inventif à la Fats Waller.

René est sans doute un peu trop beau garçon pour son propre bien. Il a trop de talents, trop d'allure, trop de tout ce qui te fait défaut à toi, pauvre picouille. Cet enfoiré a une tête de dieu grec vissée sur des épaules bien carrées. Sa voix est virile, sa démarche est virile, même sa putain de gueule d'ange a quelque chose de viril. Ça ne t'étonne pas vraiment qu'il plaise tant aux femmes. Qu'elles en soient folles, en fait. C'est dans l'ordre des choses.

Tu te souviens d'être allé au village de Charmes, l'automne dernier, par un bel après-midi ensoleillé, sur une vieille bicyclette rouge apportée deux semaines plus tôt par René. Il avait bien remarqué que vous étiez privés de tout moyen de transport – en dépit des apparences, car une camionnette blanche, une petite Fiat orange et une Citroën grise pourrissaient ostensiblement au fond de la cour, inutilisables.

Cette bicyclette rouge, il l'avait récupérée dans une décharge et vous l'avait offerte. Depuis, tous les jeudis, tu fais la tournée des déchetteries de Drôme et d'Ardèche avec René. C'est là qu'il déniche la matière première de ses sculptures : des colosses d'acier qu'il tétanise au chalumeau, des géants tordus qui, si lourds qu'ils soient, semblent parfois sur le point de prendre leur envol. Il faut le voir, René, fouailler dans ce fatras d'ordures, trier toute cette merde en rêvant déjà de ce que tel ou tel morceau de ferraille pourrait devenir.

La première fois que René vous a invités, Alya et toi, dans son atelier, tu l'as trouvé minuscule au milieu de ses sculptures et encombré de lui-même bien plus que des monceaux de ferraille disséminés un peu partout.

Tu n'as pas mis longtemps à t'apercevoir qu'il en pinçait pour Alya. Tu t'es même risqué à demander, peu après votre retour à Soyons : « Vous avez été amants, dans le temps, René et toi ? » Tu l'avais prononcé d'un ton si neutre et si détaché que ta question ressemblait à une insinuation. Alya n'a pas paru surprise.

Pas vraiment.

Ça veut dire quoi, ça, pas vraiment ?

Ça veut dire juste une fois.

Être un couple, c'est ne faire qu'un, mais lequel ?

Oscar WILDE

Alya et toi profitez du beau temps des derniers jours, aussi précaire qu'inattendu, pour repeindre les volets de la maison.

C'est vrai qu'ils sont dans un triste état, les volets. Tandis que vous les badigeonnez de bleu, vous composez des koans. Tout a commencé par ce classique du répertoire : « Quelle était l'apparence de ton visage avant que ton père et ta mère fussent nés ? », dont la réponse est, bien sûr : « La même. »

Vous inventez des variations. Vous tentez deux ou trois formules plus ou moins originales avant d'en arriver à celle-ci : « Pourquoi le ciel n'est-il pas bleu ? », dont la réponse paraît être : « Parce que la mer ne l'est pas davantage. »

Tu t'es mis à rire. Tu as laissé tes empreintes dans la peinture bleue et Alya a suggéré un nouveau koan : « Si le poisson s'endort ? », dont la réponse est évidemment : « Border la rivière. » Tu as ri de nouveau et tu as lancé : « Si le poisson déçoit ? »

« Blâmer la rivière ! », s'est aussitôt exclamée Alya. Vous avez continué comme ça une bonne partie de l'après-midi. C'est une vie pour vous, ça ! À la mesure de vos ambitions.

Depuis votre arrivée, René passe par ici un jour sur deux, au volant de sa Trafic rouge. Il se range au fond du jardin, près des voies ferrées ; puis il vient vers vous, la clope au bec, une bouteille de rouge à la main. Selon toute vraisemblance, l'artiste vous a apprivoisés, Alya et toi, avec une relative facilitée. Vous êtes toujours ravis de le voir s'amener et ce n'est pas uniquement parce qu'il ne boit que des Gigondas, des Crôzes Hermitage ou des Saint-Joseph ; c'est aussi parce qu'il a cette bouille formidable qui est un savoureux mélange de tête à claques, de chien battu et de moine bouddhiste. Il vous emmène parfois à l'atelier d'où vous pouvez contempler les contreforts du Vercors quand ils s'illuminent au coucher du soleil et où trône, chaque fois, de nouveaux titans de métal. Mais le plus souvent, vous restez à Soyons. Vous installez quelques chaises sous la glycine et vous refaites le monde jusque tard dans la nuit en vidant quelques bonnes bouteilles et en fumant des pétards. Une complicité se développe entre vous. Sa présence t'apaise. De plus en plus souvent, vous restez assis en silence et il vous semble que tout est dit, que rien d'autre ne compte vraiment mis à part ce ciel qui n'est pas bleu et cette mer qui ne l'est pas davantage.

Les travaux n'avancent pas. Les artisans d'ici sont des caïds. Le soleil se pointe parfois, mais les artisans jamais. Toujours pareil. Ce sont des spectres.

« Je passe dans la semaine. J'irai voir ça ! Z'inquiétez pas ! »

Tu parles. Des plombiers, des électriciens, des maçons, des vitriers, en veux-tu ? De temps en temps, l'un d'eux débarque ici au milieu de l'après-midi, boit quelques canons, évalue les dégâts d'un air pénétré, puis hoche la tête en se tordant la bouche d'une drôle de grimace. Ils te tapotent tous l'épaule comme à des funérailles. C'est bien ta veine.

« C'est pas du travail pour nous ça mon bon monsieur. »

Tu ne les revois jamais.

Heureusement qu'il y a les copains.

Didier, l'ami informaticien et verbomoteur d'Alya, est passé hier soir pour tenter de réparer l'ordi que les bagagistes d'une compagnie canadienne de transport aérien bien connue se sont empressés de balancer au bout de leurs bras – et peut-être, suspectez-vous, de frapper à coups de masse – dès qu'ils ont aperçu les deux cent quatre-vingt-douze étiquettes FRAGILE que tu avais pris soin d'y apposer.

Didier a donc fait de son mieux pour empirer l'état de ton ordi. C'est-à-dire qu'il a commencé par faire sauter la boîte d'alimentation en se branchant directement sur 220 volts. Ne passez pas par GO. Ne réclamez pas deux cents dollars. Il est reparti avec les deux disques durs, histoire de s'assurer qu'ils sont bel et bien hors d'état de nuire et de les achever pour de bon le cas échéant.

C'est vraiment une superbe journée. Difficile d'imaginer qu'au Québec, on se prépare à affronter l'hiver ; tandis qu'ici en Ardèche vous pouvez encore vous offrir le luxe d'un petit-déjeuner sur la pelouse et vous dorer la couenne au soleil.

Il paraît qu'au Proche-Orient, le processus de paix est compromis. Tu as toujours pensé que c'était ça un processus de paix, quelque chose comme une sorte de compromis. De toute façon, toute cette région ressemble à une poudrière surchauffée. C'est ce qu'on raconte. Que rien ne change véritablement. Jamais. Que de Bagdad à Beyrouth, une chatte n'y reconnaîtrait pas ses petits. Mais vous n'en savez rien, vous autres, parce que vous ne captez ni la radio ni la télé et que vous ne lisez jamais les journaux non plus. Vous ne vous inquiétez pas trop pour la marche du monde. Vous saurez que la Terre s'est arrêtée de tourner le jour où les trains ne passeront plus en trombe au milieu du jardin.

Alors seulement vous aviserez.

Tu reviens à ta table de travail et tu fais l'effort de te souvenir : c'était l'automne dernier. Pendant qu'Alya se morfondait à Paris dans son minuscule studio de la rue Alibert, tu te languissais d'elle à Québec, dans ta maison de la rue Midas. Avec la fin de l'été et le retour des journées plus fraîches, en septembre, tu parvins quand même à te secouer et à retrouver un peu d'ardeur au travail.

C'est vers la mi-septembre que tu as croisé Véro. Tu ne l'avais pas vue depuis près de trois ans. Tu connais Véro depuis une vingtaine d'années. À l'époque où vous viviez ensemble, elle avait un fils malingre et souffreteux. Votre idylle, dans une bergerie des Cantons de l'Est, n'a duré qu'un an ; mais quelle année ! Véro est une jeune femme vraiment très sympathique, très ouverte, et cette rencontre te réjouissait. Tu constatais que certains côtés plutôt chouettes de sa personne avaient été préservés pendant ces années où tu l'avais un peu perdue de vue, comme cette somptueuse crinière noire qui tombe jusqu'à mi-hauteur de ses cuisses et ce joli petit cul pourvu d'une chatte extraordinairement chaude et accueillante. Pendant cette année idyllique où vous avez vécu dans une bergerie des Cantons de l'Est, Véro a sans doute été heureuse. Elle te l'a dit, ce soir de septembre, dix-huit ans plus tard.

Véro a toujours été une végétalienne pure et dure, ce qui ne l'a jamais empêchée de fumer des pétards et des cigarettes à la chaîne. C'est donc en fumant un pétard que vous avez évoqué ces souvenirs communs : Véro s'activant du matin au soir, cultivant son potager, pétrissant son pain complet, préparant des gâteaux aux betteraves et confectionnant son lait de soya vanillé. Le soir, elle te donnait la tétée et, à ton tour, tu labourais son petit potager. Tu dis que oui, Véro a certainement été heureuse pendant cette période, même si, à la fin de cette année-là, elle a perdu la garde de son fils malingre et souffreteux, que vous êtes revenus vivre en ville et que, tout de suite après ça, Véro s'est mise à faire la pute.

Dans le genre putain végétalienne, Véro faisait figure de phénomène. Tu as continué à la voir régulièrement pendant près de quinze ans. Tu lui as même trouvé un boulot de manutentionnaire dans une usine où tu occupais le poste de directeur de production. Elle y travaillait encore bien des années après que tu en aies toi-même été viré à la suite de quelques malheureuses malversations.

Pendant tout ce temps, elle a continué à faire la pute pour arrondir ses fins de mois et tu lui as rendu visite assez régulièrement dans son petit deux-pièces de la rue Aragon où elle recevait ses clients et où tu recevais, toi, un traitement royal et pas cher du tout.

L'automne dernier, ça faisait donc un sacré bail que vous ne vous étiez pas vus et, pour fêter ça dignement, un samedi après-midi, tu l'as emmenée en balade. Vous n'êtes pas allés plus loin que Baie Saint-Paul parce qu'il y faisait un soleil radieux. Vous avez vu de très loin, tandis que vous rouliez sur la route 138, cette petite tache bleue dans un ciel autrement livide. La trouée bleue s'est peu à peu élargie jusqu'au moment où elle s'est, par miracle, retrouvée au-dessus de vos têtes. Vous avez roulé jusqu'au quai. L'*Accalmie* est sans doute la dernière goélette de bois de ce pays incertain. Elle pourrit lentement mais sûrement, à quelques mètres de la route qui s'arrête là, face au fleuve. En observant Véro arpenter la grève et se pencher tous les trois pas pour ramasser un galet, tu t'es demandé pourquoi tu te sens toujours aussi coupable d'être heureux.

Quelle différence cela ferait-il si tu pouvais enfin profiter d'un bonheur simple, comme cette légère brise qui caresse ton visage ou ce rayon de soleil qui glisse sur les cheveux de Véro ? Même avec la meilleure volonté du monde, l'*Accalmie* ne saurait répondre à ta question. La goélette se détériore avec une lenteur que tu pourrais croire délibérée. Sa nonchalance a quelque chose de provocant. Elle semble détenir un secret qui ne serait destiné qu'à toi, mais qu'elle révèle sans la moindre vergogne à tous les passants comme une vieille pute exhiberait ses nichons flétris et son ventre flasque. Ce secret, c'est qu'elle va rester là, échouée sur la grève, et qu'elle ne fendra plus jamais les flots. Tu ne sais de quoi rêveraient les goélettes si elles rêvaient, mais c'est un sommeil sans rêve qui a saisi l'*Accalmie*, un sommeil de plomb dont elle ne s'éveillera jamais.

Tu as entraîné Véro sur le pont du navire et, ensemble, vous avez forcé la porte de la cabine de pilotage. Tu étais plus chaud qu'un incendie de forêt. Vous vous êtes embrassés sur le banc de bois pourri. Ton sexe allait exploser. Elle s'est agenouillée devant toi pour le prendre longuement dans sa bouche, puis elle s'est assise dessus et s'est fait jouir en s'y frottant la vulve. Quand elle a eu fini, tu as pu t'introduire en elle pour éjaculer très lentement. Elle s'est relevée et une coulée de sperme a dégouliné le long de sa jambe. À la fin, il n'est resté qu'une petite flaque sur le plancher défoncé de la cabine de pilotage de l'*Accalmie*.

Elle ne t'a pas demandé d'argent. Tu lui es reconnaissant de t'avoir laissé croire, pendant quelques minutes, qu'entre vous tout était comme avant, comme si elle ne s'était jamais mise à faire la pute et qu'elle avait continué, pendant tout ce temps, à s'occuper de son petit potager et toi du sien, comme si vous étiez restés dans vos montagnes pendant toutes ces années, avec vos chiens, vos moutons, vivant au rythme des saisons et ne vous préoccupant pas du tout du reste du monde et de ce qui s'y passe et de ce qui s'y trame et de ce qui s'y complote. Parce que c'est beaucoup plus simple, la vie, quand on la laisse faire. Pour vous deux, ça ne s'est pas passé comme ça, mais ce n'est pas si grave. Tu te souviens : vous êtes étendus sur la grève, à un jet de pierre de l'*Accalmie*. Véro dit que tu n'aimes pas les femmes. Tu dis que tu les aimes, explique-t-elle, mais c'est faux. Tu veux surtout les posséder. Tu es incapable d'aimer. Tu es très tendre avec les femmes, c'est vrai. Tu sais leur faire plaisir.

Elle avoue que tu la rends folle de plaisir, parfois. Mais la question n'est pas là.

Tu demandes : Alors, c'est quoi ?

Ce n'est pas de l'amour, en tout cas.

C'est quoi l'amour ? C'est comment ?

Elle réfléchit.

Elle dit qu'elle ne peut pas répondre, que ce n'est pas une question facile. Elle parle de choses qui n'ont rien à voir avec l'amour, rien à voir avec le sexe, rien à voir avec toi. Elle parle de couples qui vieillissent ensemble. Tu ris. Elle ne voit pas ce qu'il y a de drôle. Si tu te moques de l'amour, c'est que tu dois avoir un cœur de pierre. Tu dis que le cœur, c'est juste un muscle un peu plus juteux que les autres. Elle pose son beau regard d'écureuil sur toi comme quelqu'un qui sortirait d'un long rêve embué. Tu la sens repartir très loin en elle, bien loin de toi et de tout ce que tu pourrais encore dire de blessant. Tu l'as reconduite chez elle après ça.

Tu ne la reverras sans doute jamais.

On devrait être persuadé qu'on ne peut jamais ajouter de vérité à celle qui est vraie, ni en donner à celles qui sont fausses.

Bernard de FONTENELLE,
Histoire des oracles.

Tu reviens à l'automne dernier. Tout est venu de ce lamentable automne. La maison de la rue Midas, où Zari, vos quatre enfants et toi vous entassiez depuis une dizaine d'années, fut rapidement désertée. Farah avait déniché un emploi à Montréal. Sharzad s'était exilée à Inukjuak, où elle ambitionnait d'enseigner la langue de Shakespeare aux Inuits. Quant à Sara, elle avait emménagé avec un certain Lucas, affectueusement surnommé Marmoulak par les filles de Zari. Marmoulak veut dire lézard en persan. Vous n'étiez donc plus que trois – Zari, Richard et toi – dans cette maison déjà trop grande pour six.

Le premier courriel d'Alya te parvint le dix-neuf octobre. Tu t'en souviens parce que c'était l'anniversaire de Zari. Toute la famille s'était réunie – à l'exception de Sharzad qui n'avait pu venir d'Inukjuak – pour manger des huîtres à s'en faire gicler les boyaux, conformément à une tradition familiale depuis longtemps établie.

C'était un long message de plusieurs pages, dans lequel elle ne disait pas avoir pris un beau Sénégalais pour amant – ce qu'elle avait pourtant fait, comme tu l'appris plus tard –, mais où elle prenait mille détours avant de lâcher le morceau : elle avait, écrivait-elle, rencontré quelqu'un au Québec, un mec qu'elle n'arrivait pas à oublier. Elle n'avait rien dit de ses sentiments à ce type et elle avait l'impression de passer à côté de quelque chose de fort. C'était le courrier du cœur, en somme. Tu as vite compris que tu avais un ticket de première et tu as commencé à te dire que, peut-être, une nouvelle vie t'attendait au tournant.

Tu n'es pas stupide, tu n'as jamais raté une occasion d'être heureux.

Alya et toi vous êtes mis à correspondre furieusement, à raison de trois courriels par jour, au début. Bientôt six. Davantage de jour en jour. Des centaines de messages en quelques semaines. Vous en êtes rapidement venus à vivre en fonction du décalage horaire. Tu restais éveillé jusqu'au milieu de la nuit pour être là à son réveil et elle rentrait tôt du travail pour t'accueillir à son tour quand tu te levais le matin.

Cette assiduité a fini par éveiller les soupçons de Zari et ta paisible petite vie de banlieusard encroûté s'est bien vite métamorphosée en enfer.

L'amour sur Internet a aussi ses limites. Après un mois de messages passionnés dans le genre : « Je n'arrive pas à vivre sans toi ! » ou « Je t'aime ! Je t'aime ! Je ne sais plus que t'aimer ! », il fallait de toute urgence donner un caractère moins virtuel à votre relation.

Tu as donc rejoint Alya à Paris, histoire de vraiment faire connaissance et de vérifier la teneur de ce que vous croyiez éprouver l'un pour l'autre. Il ne t'a pas été trop difficile de convaincre ton entourage que tu avais besoin d'une semaine de solitude pour terminer ton roman, mais personne n'a été dupe de ce subterfuge. Zari, que tu ne touchais plus depuis un bon moment, se doutait bien, à te voir scotché à l'ordi seize heures par jour, qu'il se tramait quelque chose. N'empêche que vous avez fait l'amour la veille de ton départ et ça ne vous était pas arrivé depuis des milliers d'années de vous envoyer en l'air comme ça. Tu savais bien, quelque chose en toi de fort te le disait, que vous vous aimiez pour la dernière fois et peut-être l'a-t-elle ressenti, elle aussi, dans la ferveur désespérée de tes caresses et la violence de ton désir, parce qu'elle a pleuré tout de suite après. Tu as sauté dans l'avion le sept décembre en soirée.

Alya t'attendait à Roissy le lendemain, toute menue, toute fraîche dans son joli imper jaune serin. C'est à se demander comment vous avez pu vous retenir jusque chez elle. Déjà, dans le métro, vous vous étiez pas mal échauffés. En arrivant au studio de la rue Alibert, ça n'a pas traîné.

Cette semaine-là, vous n'avez rien fait d'autre que baiser et picoler. Bien sûr, tu n'as pas écrit une seule ligne. C'était magnifique, vraiment au-delà de tout ce que tu avais espéré. Avant la fin de la première journée, vous saviez tous les deux ce que vous alliez faire. Aussitôt rentré au Québec, tu annoncerais à Zari que tu la quittais et tu te mettrais à la recherche d'un appartement. Alya plaquerait son boulot de vendeuse et viendrait te rejoindre à la fin du mois de mars.

La perfection de votre bonheur ressemblait peut-être à une carte postale, des millions d'amants l'avaient vécu avant vous et s'en étaient remis, mais vous y aviez droit, disiez-vous, à cet infini de l'amour, même s'il était à la portée des caniches. Rien ni personne ne se mettrait en travers de votre route.

Une routine s'est installée. Le matin, tu écris dans ce cahier qui te nargue avec son titre incompréhensible. *Tarquimpol.* Tu aimes tant la sonorité magique du nom de ce village où tu n'as jamais mis les pieds. L'après-midi, tu repeins les volets de votre ruine ardéchoise ou tu exécutes de menus travaux. Souvent, tu t'accordes une sieste au milieu de la journée. La vie, la vraie !

Alya revient du marché, les bras chargés de fruits et de légumes certifiés biologiques. Elle flanque tout son bazar sur le comptoir de la cuisine et t'entraîne vers la chambre aux volets clos, et là, hop ! Retour sous la couette ! C'est ce qui s'appelle une journée de travail bien remplie.

C'est couru d'avance : tu vas faire des envieux.

Alya dit qu'il faut penser à racheter de la peinture bleue pour les volets et que tante Mirella a téléphoné.

— Alors ?

— Elle n'a pas retrouvé la photo dans l'album de ma grand-mère, mais elle se souvient de l'avoir vue. Elle n'est pas certaine que ce soit la même.

— Comment ça ? Pas certaine de quoi ?

— Elle a vu une photographie de Kafka avec son ami.

— Brod.

— Oui, Brod. Une photo prise devant la façade d'un château.

— Le Château d'Alteville ?

— Elle n'est pas certaine. Elle dit qu'il faudrait qu'elle revoie la photographie pour l'être.

— Elle n'en est pas certaine ?

— Elle l'a cherchée partout, je t'assure !

— Cette photographie, dis-moi, est-ce qu'elle ne pourrait pas être en possession d'un autre membre de la famille ? Je ne sais pas, moi... une cousine, un oncle ?

— Elle dit que la photo devrait logiquement se trouver parmi les souvenirs de sa grand-mère.

— Logiquement. Sauf qu'elle n'y est pas.

— C'est ça.

— Qu'est-ce qu'on fait ?

— Rien. Mirella a dit qu'elle fouillerait le grenier d'ici la fin de l'été, au cas où d'autres albums photos s'y trouveraient.

— D'ici la fin de l'été ? Splendide. Merveilleux.

Confronté à l'effarante stupidité du destin, tu retombes facilement dans cette espèce d'hébétude lunaire. Tu croyais être venu jusqu'ici pour voir cette photographie qui n'a peut-être jamais existé.

Tu es à environ mille kilomètres de Tarquimpol. La camionnette blanche, la petite Fiat orange et la Citroën grise prennent racine dans le jardin. Aucun de ces véhicules n'est susceptible de t'emmener où que ce soit, mais il y a désormais, chose remarquable, un quatrième véhicule dans le jardin : une Peugeot 309 que René vous a offerte après l'avoir retapée en secret. René vous assure qu'elle roule et caracole au doigt et à l'œil, qu'elle peut vous conduire n'importe où, même à Tarquimpol si vous le souhaitez. Mais le souhaitez-vous vraiment ?

Pour le moment, vous ne désirez qu'une chose : vous aimer.

Tu contemples l'étincelant jardin qui te tend les bras. Mais demain, qui sait ? Demain peut-être, si le soleil est toujours de la partie, s'il se fait toujours aussi invitant, si Alya chantonne doucement de bonheur, comme maintenant, peut-être irez-vous à Tarquimpol.

Tu as repeint l'un des volets, histoire de te changer les idées. Les volets sont gris délavé avant l'opération. Après, ils sont bleus. D'un bleu lumineux, presque aveuglant sous le cagnard ardéchois.

Pendant cet exercice, tu avais de la compagnie : un copain, lézard minuscule, qui se prélassait au soleil sur la charnière du volet. Tu as eu une pensée pour Lucas dit Marmoulak le Lézard, ton futur gendre, et tu as trouvé qu'en effet la ressemblance avec ton nouveau collègue était frappante.

D'habitude, ces bestioles-là disparaissent en un éclair quand on s'en approche un peu trop, mais le copain Paco, lui, non ! Il a des nerfs d'acier, Paco ! Alors, il s'est installé sur la charnière du volet et il t'a regardé peindre, l'air de dire : « Qu'est-ce tu fous ? C'est mon volet, pas le tien ! Si tu veux baver partout avec ta saleté de purée bleue, t'as qu'à t'en dégotter un de volet ! »

C'est que Paco, ça l'intriguait tout ça. Il s'est même approché encore et il a goûté la peinture, ce con, et par dessus le marché il s'est beurré les pattes de bleu. Comme il restait là, sans broncher, les pattes engluées de peinture, vous avez causé un peu. De tout, de rien. Tu lui a dit que s'il était sage, tu parlerais de lui dans ton cahier. Tu t'es empressé de tout lui dire à propos de Tarquimpol et pourquoi tu n'y a jamais mis les pieds, bien que tu aies de bonnes raisons de croire que Kafka, lui... Du coup, tu as promis de l'immortaliser, en quelque sorte, un peu comme Duras qui a immortalisé une mouche dans un de ses bouquins. Tu lui as expliqué, à Paco, qu'à ton avis un lézard valait bien une mouche, côté immortalisation, et que personne n'y perdrait au change.

« Moi, j'aime les mouches », a dit Paco d'un ton presque solennel. Il t'a regardé en face pour faire cette déclaration des plus pertinentes et il a cligné des yeux comme seuls les lézards savent le faire.

Tu as répondu que les mouches, personnellement, tu ne courais pas après, mais que tu pouvais bien comprendre qu'elles pouvaient présenter un certain attrait pour lui. Puis tu t'es demandé si ton futur gendre aimait les mouches, lui aussi, et s'il les attrapait avec sa langue ou avec sa queue.

À la fin, la commère du village s'est pointée sur le chantier pour l'inspection quotidienne des travaux. Elle arrive toujours avec un pot de confiture d'abricots et elle déblatère sans fin. Tu as droit au récit détaillé de l'agonie de sa mère fraîchement trépassée dans un hôpital de la région et tu pries pour ne jamais avoir à t'y rendre parce qu'à l'entendre, Madame Mignon, on en ressort souvent plus malade qu'en entrant, de cet hôpital, quand on en ressort. Mais tout ce blabla a eu tôt fait d'ennuyer ton ami

Paco et il s'est tiré en douce pendant que la commère remballait ses histoires.

Ciao, Paco !

Le soir, quand souffle le mistral, tu enfiles ta vieille cape grise – pleine de trous mais brodée à tes initiales par les blanches mains de Leila, la mère de tes enfants – et tu vas marcher sur le chemin de la Plaine qui longe les voies ferrées.

C'est toujours très romantique, avec ou sans clair de lune, de regarder les trains de marchandises défiler toutes les trois minutes.

Personne ne souhaite vraiment vivre à cinquante mètres des voies ferrées. La nuit, quand deux trains se croisent au fond du jardin, vous avez l'impression qu'ils traversent votre chambre à coucher. La baraque a l'air d'être en papier mâché et les trains semblent foncer sur vous au milieu de la nuit et tournoyer au-dessus de vos têtes.

Vous avez conclu, Alya et toi, une espèce de pacte idiot : chaque fois qu'un train s'amène, vous devez vous embrasser passionnément. Vous n'avez rien de mieux à faire, de toute façon, quand un convoi approche, parce que ça fait un tel boucan qu'il faut vous taire ou vous résoudre à communiquer par signes. Il faut vous voir, alors, pour se convaincre de votre complète insanité, courir comme des dératés à travers les décombres du chantier et vous jeter dans les bras l'un de l'autre exactement comme dans une mauvaise comédie musicale du milieu du siècle dernier.

Mais quand tu marches près des voies ferrées, la nuit, vêtu de la vieille cape de Leila, et qu'un train se pointe au loin, tu braques ta petite lampe torche sur les wagons qui défilent.

C'est beau ce mouvement que le train donne à la lumière.

Tu observes avec attention chacun des trains. Une fois sur deux, ce sont des wagons citernes qui doivent contenir des tonnes et des tonnes de saloperies de produits chimiques hautement toxiques et tu te dis que c'est bien pratique aussi pour ça, la nuit : convoyer tranquillement toute cette merde à travers des zones résidentielles à forte densité de population.

Une fois, tu as bien vu à la lueur de ta lampe torche et tu n'arrivais pas à croire ce que tu voyais : c'étaient des chars d'assaut. Des centaines de tanks rutilants, fins prêts pour la guerre et la performance boursière. Tu es rentré à toute vitesse et tu as allumé la radio pour la première fois depuis des mois, juste parce que tu te disais tout à coup que tu avais pris pas mal de retard sur l'actualité et que le monde s'était peut-être remis à déconner pendant ton sommeil et tu avais un peu peur que les grosses têtes refassent le coup de l'invasion, de la ligne Maginot, tout ce cirque, exactement comme dans les Balkans ou au Moyen-Orient, en Afrique ou ailleurs.

Faut pas s'affoler.

La France est l'un des plus importants producteurs d'armes au monde, mais Alya dit souvent qu'il ne faut pas trop parler de ça par ici, que les Français ne tiennent pas tellement à savoir que leur belle prospérité est largement tributaire de cette industrie de la mort et qu'ils préfèrent s'entendre dire qu'ils ont la meilleure équipe de foot au monde. Tu n'es pas entièrement du même avis qu'Alya. Tu crois qu'au contraire, il doit y avoir des tas de Français que ça emmerde de savoir que la France est championne mondiale de l'industrie du massacre, même si tu n'en as encore rencontré aucun.

N'empêche qu'en regardant passer les trains, comme ça la nuit, pendant que tu leur envoies de dérisoires signaux avec ta lampe torche, tu penses à Jack Kerouac, le clochard céleste, et tu te dis que tu pourrais peut-être, en observant mieux, repérer le fantôme de Jack revenant de son pèlerinage en Bretagne, bien allongé sur une plate-forme, avec son sac à dos et son magnum de vin. Parce que Jack aurait su quoi dire, lui, à propos de toute cette soupe chimique et peut-être radioactive qu'on vous trimballe sous le nez, la nuit, de ville en ville ; et il aurait parlé avec éloquence des marchands d'armes et de leur appétit féroce, de leur mauvais karma et de leur cupidité sans borne.

Jack, oui, il aurait su quoi en dire. Toi, tu vas plutôt éteindre et aller dormir.

Il n'existe qu'une certitude définitive sur la nature humaine, elle est changeante.

Oscar WILDE

Cette semaine de décembre, à Paris, vous l'avez passée, Alya et toi, blottis dans son petit studio de la rue Alibert, à deux pas du Canal Saint-Martin.

Dans le studio voisin, la belle Juliette jouait Schubert sur son splendide piano à queue. C'est un pléonasme : à tes yeux, tous les pianos sont splendides, spécialement s'ils sont munis d'une ou plusieurs queues.

Juliette jouait Schubert. Schubert du matin au soir. Elle commençait vers dix heures par quelques accords plaqués. Puis, réchauffement ! Quelques gammes, et ça partait ! À côté, dans le minuscule studio d'Alya, vous faisiez l'amour et, parfois, vous auriez pu jurer que Juliette jouait tout spécialement pour accompagner vos ébats ; qu'elle se tenait là, juste au pied de votre lit, et qu'elle s'activait du matin au soir sur sa bête aux dents d'ivoire uniquement pour vous porter d'un orgasme à un autre.

Vous sortiez tard en fin d'après-midi pour flâner dans Paris et vous rentriez tôt, aussi tôt que possible, affamés l'un de l'autre. Vous l'aviez attendu, ce moment. Faire l'amour six heures par jour vous paraissait aussi naturel que respirer. Cette semaine inoubliable et magique, arrachée à la monotonie du quotidien, fila bien trop vite. Il te fallut bientôt rentrer chez toi, à Québec. Tu as tourné le coin de la rue Alibert, sans te retourner, le matin où Alya plaquait son boulot de vendeuse chez Sony. Vous aviez tout planifié : il était déjà prévu qu'Alya viendrait te rejoindre au Québec dans les trois mois. Entretemps, tu aurais toi aussi quelques ponts à couper.

Dans l'avion qui te ramenait chez toi, tu t'es saoulé à mort et tu as pleuré. D'abord très doucement, en silence. Sans tristesse et sans joie. Et de plus en plus, sans pouvoir t'arrêter. Pendant des heures, tu as pleuré. Toute la tristesse et toute la joie. Tu avais toutes les réponses. Tu refaisais à rebours les 6 000 km qui vous avaient séparés et ton corps savait qu'un terrible sevrage commençait.

Tu vidais ton verre et tu le remplissais. À la fin, tu t'es dit que non, c'était absurde, tu ne tiendrais jamais trois mois sans elle ! Aussitôt rentré, tu appellerais Alya, tu lui dirais : « Impossible d'attendre jusqu'à la fin de mars ! » Tu suggérerais qu'elle vienne te rejoindre plus tôt. Mais un message d'Alya t'attendait déjà à ton arrivée : elle non plus ne se sentait pas la patience d'attendre trois mois ; elle te proposait de venir à Québec vers la fin février.

Trois jours plus tard, vous avanciez encore l'échéance et Alya débarqua en sol québécois à la fin janvier. Tu avais fait le grand ménage dans ta vie. Ça n'avait pas traîné.

Tu as rompu avec Zari soixante-douze heures avant la fin du XXe siècle. Ça lui est tombé dessus comme une bombe à fragmentation et tu n'avais pas spécialement envie d'être là pour ramasser les morceaux, alors tu t'es poussé lâchement. Le six janvier, tu as déniché un appartement sur l'avenue des Jésuites à Québec. Richard et toi vous y êtes installés le neuf janvier. Les filles de Zari – trop heureuses d'avoir enfin raison contre toi et de pouvoir crier sur les toits que tu étais un parfait salaud comme elles l'avaient toujours dit – menaient leur vendetta avec la ferveur d'authentiques amazones. La guérilla menaçait de durer et tu ne voulais surtout pas rester à la portée de leurs calomnies, crachats et autres venins.

Alya est arrivée dans votre tanière de la rue des Jésuites le vingt-huit janvier, vous avez glissé vos corps juvéniles et resplendissants de désir sous la couette et n'êtes ressortis de ce nid d'amour qu'à la fin de mai. Alya faisait semblant de travailler sur ses enregistrements tandis que tu faisais semblant, toi, d'écrire ton mémoire de maîtrise sur Kafka.

C'était merveilleux.

Le téléphone sonnait vingt fois par jour et si d'aventure, une fois sur cent, vous vous donniez la peine d'étirer un bras hors du lit pour décrocher, il n'y avait jamais personne au bout du fil. C'était vraiment parfait.

Un jour, alors que tu étais sorti faire quelques courses – vous deviez manquer de vin, de cigarettes ou de condoms, peut-être des trois –, Zari a débarqué sans crier gare. Elle a forcé votre porte et foncé directement dans la chambre où elle s'est mise à causer le plus naturellement du monde avec Alya décidément nue sous les draps. Elle lui a parlé de ta légendaire hypocrisie, lui a décrit le vrai visage du déchet humain qu'elle allait épouser et s'est longuement étendue sur les risques qu'elle encourait, te décrivant comme un être odieux, narcissique, manipulateur, imbu de lui-même, égocentrique et ainsi de suite. Alya a écouté ce réquisitoire sans broncher. À la fin, elle a dit : « Ce sera tout ? », puis elle a gentiment poussé Zari vers la sortie, sans ajouter une syllabe, toujours en tenue d'Ève.

Quel extraordinaire petit bout de femme.

Tu adores les femmes qui savent ce qu'elles veulent et qui sont prêtes à tout pour l'obtenir. Alya est de cette trempe.

Tu dois bien avouer que Zari correspond également au profil et que, d'ailleurs, elle a tout obtenu : la maison, la voiture, les meubles. Tout, sauf ta peau de foutu zèbre qu'elle aurait bien voulu étendre au milieu de son salon comme une espèce de trophée de chasse d'un goût douteux.

Après votre séparation, Zari a refait sa vie sur la Côte Ouest avec les trente mille dollars que la vente de votre maison lui a rapportés. Tout le monde ne se démerde pas aussi bien dans la vie.

Tu as obtenu le divorce le cinq juin, douze ans jour pour jour après votre mariage. Trente-cinq jours plus tard, vous convoliez en justes noces, Alya et toi, après une courte cérémonie et une réception célébrée dans la plus stricte intimité.

Depuis quelques mois, tu travaillais dans une école de langues où tu enseignais le français à des Suissesses allemandes et des Mexicaines. Tu dis qu'il est infiniment plus facile de faire chanter des radiateurs en espéranto que de faire dire quatre mots de français à une Suissesse allemande, mais qu'une Mexicaine, une fois lancée, ne s'arrêtera jamais. Tu travaillais le jour même de ton mariage, n'ayant pu obtenir de congé. Ça t'a valu d'arriver en retard. Comme aussi le fait que le professeur Ménard t'a téléphoné vers 16h16, alors que tu étais sous la douche, pour suggérer certaines corrections qu'il souhaitait te voir apporter à ton mémoire. « Certainement ! Mais oui ! Certainement ! Je peux vous rappeler ? Je sors de la douche et je me marie dans douze minutes ! Merci ! Au revoir ! Comment ? Avec la petite Leni, oui, c'est ça ! *Oui ! Celle que tu te serais bien envoyée, salaud.* Merci beaucoup. Allez ! Oui. Au revoir ! »

Aussitôt après votre mariage, les arrangements furent pris et les billets d'avion achetés. Deux mois plus tard, vous débarquiez à Soyons, Alya, Richard et toi, avec armes et bagages.

Il faudrait pouvoir montrer ton air ébahi lorsque Mimi, la sœur d'Alya, t'a déposé devant l'entrée avec une partie des bagages avant de retourner à la gare de Valence chercher Alya qui, si menue qu'elle soit, n'avait pu se glisser dans la petite Fiat surchargée. Tu es donc resté seul devant la maison pendant que Mimi repassait à la gare prendre Alya, Richard et le reste de vos bagages. À coups de machette, tu as pu te frayer un chemin jusqu'à l'entrée. Tu as fait le tour de la propriété deux ou trois fois pour te convaincre que tu ne rêvais pas ; puis tu as pris quelques clichés de l'intérieur et des environs. Le chaos, c'est quelque chose que tu ressens le besoin de documenter.

La maison est située un peu en retrait du village, au début de la zone industrielle, à un jet de pierre des voies ferrées et de la nationale 86. Personne n'a vécu ici ces deux dernières années, sauf peut-être quelques squatters. Les clichés parlent d'eux-mêmes : la pelouse atteint presque deux mètres de hauteur, il y a trois portes-fenêtres fracassées et la cour passerait facilement pour une décharge munici-pale. Mais les photographies les plus étonnantes ont été prises à l'intérieur de la maison : les cambrioleurs n'ont pas laissé grand-chose à part le désordre. Tout y est passé. Tous les meubles qui avaient une valeur quelconque ont disparu. Le contenu des commodes et des armoires s'amoncelle au milieu des pièces. Tout ce qu'ils n'ont pas pu ou voulu emporter s'y trouve pêle-mêle. Les piles sont si hautes que tu ne peux ouvrir certaines portes qu'à demi. Les cambrioleurs ont fait preuve de méthode : le contenu des armoires, placards, tiroirs, commodes, bibliothèques et autres rangements a été répandu sur le sol après avoir été soigneusement trié. Et il semble qu'ils ont pris tout leur temps : la plupart des bouteilles de vin et d'eau-de-vie qui étaient à la cave jonchent maintenant le sol de la cuisine. Vides.

C'est dans cette cuisine que le père d'Alya est mort un soir pendant le dîner, il y a deux ans de ça. C'était l'anniversaire de la mort de la mère d'Alya. Elle avait tenu à lui rendre visite ce soir-là pour qu'il ne se retrouve pas seul. Tu dis que peut-être, juste avant de fermer les yeux une dernière fois et de s'affaisser doucement sur sa chaise, peut-être qu'il l'a vue, la femme aimée.

La femme aimée puis morte d'un cancer vingt ans plus tôt.

La seule femme aimée.

Il a peut-être senti qu'elle était là, qu'elle lui faisait signe de venir la rejoindre. Il a regardé sa fille sans savoir qu'il le faisait pour la toute dernière fois ; et c'était bien ce qu'il y avait de terrible et de rassurant à la fois dans ce regard, avait dit Alya quand elle s'en était souvenu : c'était le regard d'un homme qui ne savait pas qu'il s'en allait et qui croyait devoir encore attendre indéfiniment le retour de sa femme.

Il était peut-être simplement fatigué d'attendre et il ne l'a pas vue ; ou bien ce soir-là lui semblait un soir idéal pour regarder autour de lui une dernière fois, poser son regard fatigué sur sa maison et tout ce qu'elle contenait, tous les biens accumulés au cours d'une vie : les outils de travail du chimiste, les livres, les souvenirs de famille et les chambres des fillettes demeurées intactes depuis leur départ. Alors il a fait chauffer la soupe, sur la plaque qui est là ; il s'est assis à la même place que d'habitude, au bout de la table de chêne fabriquée par son beau-frère avant leur mariage, devant la porte-fenêtre qui donne sur la cour et le paulownia planté par la mère d'Alya l'année de la construction de leur maison. Il a jeté un dernier regard sur sa fille et il a ressenti cette grande fatigue à laquelle il n'a plus eu la force de résister et, pour la première et dernière fois de sa vie, il s'est lentement laissé tomber dans les bras de la mort.

La maison a un peu plus de trente ans et elle a besoin d'un sérieux coup de pinceau. Des souris, des loirs, des lézards et une grande variété d'araignées et d'insectes de toutes espèces et de toutes tailles vous y attendaient. Vous avez consacré les premiers mois à vous aménager un espace à peu près viable et vous avez lutté contre tous ces envahisseurs, sans distinction de race, de couleur ou de religion. Le plus pernicieux et le plus indésirable de tous étant la poussière : Richard est allergique aux acariens. À tous les acariens. Et à tous les pollens. Le paradis, c'est l'enfer.

Alors vous y voilà ! Vous avez même le téléphone et l'eau chaude. Tout le confort moderne. Il vous suffit de faire abstraction du cratère qui dévore le plafond du salon.

À Soyons, l'unique bistro du village s'appelle le Soyons cool et l'association des aînés se nomme Les Amis de la Tour Penchée. Ça ne s'invente pas. Au Soyons cool, ton accent québécois fait fureur. Personne ne l'a jamais entendu qu'à la télé, cet impayable accent des lointains cousins. Le curé de Soyons porte la soutane le dimanche et son blouson de cuir le reste de la semaine. C'est le Père Mouton. Quant à la grosse Anne-Marie, qui tient l'épicerie tabac, elle a du gras de jambon coincé dans ses poils de moustache du mercredi au dimanche. On ne sait pas pourquoi ce sont ces jours-là qu'elle arbore fièrement sa moustache au gras de jambon, mais c'est ainsi. Ça fait partie des mystères du petit village de Soyons, au même titre que les grottes, les cimetières de mammouths qu'on découvre sous les garages d'honnêtes villageois ou le panneau signalétique que la Commune de Soyons a décidé d'installer à l'entrée du village quelques semaines après ton arrivée : « Attention ! Québécois à 200 mètres ! ».

Il pleut sans arrêt. Les trois cents jours de soleil par an promis par Alya, c'est de la fausse représentation. Ces jours-ci, sitôt levé tu n'as qu'une seule envie : retourner te blottir contre elle sous la couette. Vous n'avez pas terminé la peinture des volets et tu as chopé un rhume qui ne te lâche plus. Tu tousses comme un vieux cheval pneumonique et fatigué qu'on devrait, par pure charité chrétienne, se résigner à abattre. Mais c'est toi la vieille picouille du coin et tu ne vas pas te laisser faire. Tu vas ruer dans les brancards jusqu'au tout dernier gloup et fumer des Marlboro à la chaîne, exactement comme si tu étais payé pour le faire, mais c'est uniquement pour te donner une contenance et contempler l'énorme cratère par où l'eau de pluie s'égoutte lentement dans un seau en plastique rouge posé à tes pieds. Ça fait toc - toc - toc - toc et tu consignes tout ça dans un cahier sur la couverture duquel tu as écrit *Tarquimpol.*

Tu sais que si tu n'y prends garde, ton monde disparaîtra sans faire de bruit : toutes tes civilisations, toutes tes chimères, tes cathédrales de vent disparaîtront.

C'est aujourd'hui le dix-neuf octobre. C'est l'anniversaire de ton père. L'anniversaire de Zari. L'anniversaire du premier message d'Alya. Trop d'anniversaires, c'est comme pas assez. Peut-être que la vie coule en toi comme la lumière du matin, sans faire le moindre bruit.

Tu retiens ton souffle.

Tu sais, par exemple, que la beauté de ce fruit – c'est une poire et elle n'est pas encore tout à fait mûre – n'est pas en lui, que sans la lumière du soleil sur sa peau rugueuse sa beauté demeure un concept inutile. Tu sais que la beauté ne s'imagine pas, qu'elle glisse.

Que sais-tu encore ?

Ce poème d'Eugène Guillevic :

Des roses
Qui ne pensent pas
À être des roses

C'est pour ça que tu manges la poire sans réfléchir et que tu retournes sous la couette.

Deux mois se sont écoulés depuis ta dernière entrée dans ce cahier. Tu n'arrives pas à te souvenir de tout ce que tu as fait pendant ces deux mois. Tu avais des projets : ça allait du toit de la baraque qu'il fallait réparer de toute urgence, aux murs intérieurs qu'il fallait repeindre parce qu'ils avaient attrapé la jaunisse, soutenait Alya. Et aussi, tu te disais qu'à l'occasion, tu ne détesterais pas faire un saut à Tar-quimpol, histoire de te faire une idée sur les chances que Kafka ait pu y séjourner pendant l'été 1911.

Tu es bien certain de ne jamais être allé à Tarquimpol – ce qui ne signifie rien en soi –, et il est indéniable que tu n'as pas, non plus, écrit une seule ligne pendant cette période. Ce qui ne veut rien dire non plus. Fait remarquable, toutefois : ta table de travail n'est plus située au salon, sous le cratère, mais se trouve désormais dans la chambre du fond. Les murs de la chambre, un endroit encore insalubre il y a peu – tu as des clichés qui le prouvent –, sont fraî-chement peints. Blancs comme à l'asile. D'un blanc si éblouissant qu'on pourrait presque passer au tra-vers. Autre fait remarquable : tu arrivais à écrire au milieu des décombres du salon, sous le cratère ; mais maintenant, dans ce sanctuaire aseptisé, rien. Les textes sont là. Ils vibrent doucement sur le papier ou à l'écran. Ils ont une curieuse façon de se tenir pen-chés et de te considérer d'une manière tantôt grave, tantôt amusée. Ils ont l'air d'attendre que tu les mal-mènes ou, au contraire, que tu les bichonnes un peu. Tu ne sais pas quoi en faire. Ce ne sont que des textes, après tout, et tu sais qu'ils ne te mordront pas.

En tout cas, pas tout de suite.

En fait, tu sais très bien pourquoi tu n'as rien écrit dans ce cahier depuis plusieurs semaines : c'est parce que tu écris chaque jour à Laurie, chaque jour depuis ce fiasco entre vous. Tu es certain que *fiasco* est un mot tabou, sans doute en raison de sa connotation sexuelle, mais il n'y a pas moyen d'appeler autrement cette lamentable soirée.

Autopsie d'un fiasco.

Laurie vous a rendu visite le mois dernier. Mais c'est une Laurie hésitante et, curieusement, assez peu sûre d'elle que vous avez accueillie à Soyons. Au départ, il était prévu que vous passeriez la semaine ensemble. Alya s'était mis en tête de la présenter à René. Tu n'apprécies pas tellement ce côté marieuse d'Alya, toujours en train de comploter pour matcher ses amis célibataires ; et tu te réjouissais surtout à l'idée de passer quelques jours en compagnie de deux belles jeunes femmes intelligentes, vives et incroyablement séduisantes. Sauf qu'Alya avait tout planifié : la visite impromptue à l'atelier de René, la balade en Vercors dans la camionnette de René et, pour finir, le dîner intime sous la glycine à Soyons. Ce qu'elle n'avait pas prévu, c'était l'effet catastrophique de son insistance un peu lourde à leur chercher des intérêts et des goûts communs, quitte à les inventer de toutes pièces ; c'était l'indifférence à peine dissimulée de René, c'était l'incompréhensible et soudaine timidité de Laurie et surtout, tu dois l'avouer, l'irrésistible attraction qu'elle exerce sur toi.

Vous êtes allés ensemble l'accueillir à la gare le jour de son arrivée. Laurie était resplendissante, vêtue d'une chemise indienne, d'un jeans et de sandales. Tu ne l'avais jamais rencontrée que dans des occasions semi mondaines et le contraste entre Laurie en vacances et Laurie frayant dans le milieu littéraire avait tout pour te fasciner. Tu n'as jamais renoncé à tes fantasmes et la pensée de ce corps souple aux proportions parfaites s'arquant de plaisir sous le tien ne t'a jamais quitté. Sitôt que Laurie bougeait, tu parvenais difficilement à dissimuler ton émoi ou à détacher ton regard du sien. Elle ne pouvait manquer de le remarquer. Tu la désirais davantage à chacune de vos rencontres et il faudrait bien qu'un jour, d'une manière ou d'une autre, cette question soit abordée entre vous. D'autant que tu croyais deviner, dans la subtile et gracieuse façon qu'elle avait de détourner le regard lorsque le tien se faisait trop insistant, que ce désir était renforcé par une apparente réciprocité.

Ce soir-là, vous avez dîné sur la véranda, sous la glycine. Tout, dans l'univers, semblait conspirer en faveur de votre bonheur : la pleine lune du Taureau éclairait la falaise de Soyons, l'air était tiède et les cuisses de canard confites, délicieuses.

Tu te souviens de la manière absurde et, somme toute, assez prévisible, dont les choses ont mal tourné. L'alcool coulait à flots depuis la fin de l'après-midi et vous étiez tous passablement imbibés. C'est alors qu'Alya a tenu à vous faire connaître sa conception du bonheur.

— La seule chose qui soit exigée de nous dans ce monde, notre mission prioritaire, c'est d'être heureux. Si nous ne sommes que des bulles minuscules qui éclatent à la surface d'un océan infini, il nous faut être des bulles heureuses.

Ça n'avait rien de bien méchant et tu aurais très bien pu lever ton verre à cette proclamation bidon de la Charte Universelle du Bonheur, mais tu n'as pas pu t'empêcher de l'ouvrir.

— C'est une forme de dictature du bonheur que tu proposes, non ? Soyez heureux ! Soyez heureux à tout prix ! À crédit, s'il le faut ! Soyez heureux tout de suite ! Et plus vite que ça ! Les publicitaires font leurs choux gras de cette philosophie à trois sous ! Mais pendant ce temps-là, l'horreur. L'horreur partout, sur trois cent canaux !

— Je ne parlais pas de ça, mais de l'amour.

— Et c'est quoi, l'amour ?

— Rester tremblant sous la pluie, supplier, cajoler, vénérer, s'abandonner…

— Ça y est ! Tu nous fais une autre crise de néo-romantisme à la con !

— Pas du tout. Je tiens seulement à ce que l'on n'abîme pas tout. Je veux de la poésie, je veux qu'il en reste assez pour vivre, assez pour s'en faire une armure contre la bêtise et l'insensibilité.

— C'est exactement ce que je dis : néo-romantisme à la con.

— L'amour, a patiemment expliqué Alya, c'est ce qui tient les atomes ensemble, ce qui empêche l'univers de voler en mille morceaux.

— Mais il vole en mille morceaux, en cent milliards de mille morceaux ! Et tu n'y peux rien !

— Oui ! Mais l'amour, c'est ce qui empêche les morceaux de se perdre. C'est… comment dire ? C'est ce qui maintient les électrons autour du noyau !

— Ça c'est l'électromagnétisme, Alya. Faut pas confondre.

Jusque-là, Laurie et René vous avaient écoutés sans broncher. Ils souriaient d'un air entendu, sans comprendre que vous veniez de toucher un point sensible et que cela n'allait pas tarder à dégénérer. Parce que c'est à ce moment-là que tu t'es mis les deux pieds dedans :

— J'ai toujours eu beaucoup d'admiration pour les gens qui disent ce qu'ils pensent, même au risque de passer pour des imbéciles.

— Qu'est-ce que tu veux insinuer ?

— Rien de plus que ce que j'ai dit.

— Tu me traites d'imbécile, c'est ça ?

— J'ai parlé d'admiration.

— Idiot !

— « Se faire traiter d'idiot par un imbécile est une volupté de fin gourmet. »

— Alors tu me traites d'imbécile et tu me prends pour une conne, en plus ?

— Je cite un proverbe chinois, c'est tout !

Tu ne crois pas que deux êtres aient jamais été aussi loin dans l'aveuglement et l'incompréhension réciproque. Tu admets que ton attitude était volontairement provocante et déplacée. Peu importe. Le résultat a été cet invraisemblable bourbier : René s'est rapidement excusé et t'a laissé te démerder avec tout ça, s'enfuyant à vrai dire assez lâchement devant la perspective d'une engueulade en règle. Laurie l'a imité et s'est réfugié dans la chambre d'amis. Quant à Alya et toi, vous vous êtes retrouvés au lit côte à côte et, pour la toute première fois depuis que vous partagez vos nuits, vous avez fait semblant.

Malgré la pleine lune, c'était une nuit d'encre. Une nuit d'étang.

Puis, pour aggraver la situation, tu as fait cette chose inconcevable et stupide ; le genre de truc qu'on voit dans les très mauvais feuilletons : au milieu de la nuit, après qu'Alya se fut endormie, tu t'es levé pour aller rejoindre Laurie.

Elle n'a pas paru surprise outre mesure et cela t'a étonné. Mais à quoi pouvais-tu t'attendre ? Tu t'es glissé près d'elle sous les draps, tu as passé tes bras autour de ses épaules, embrassé sa nuque et murmuré quelques mots à son oreille. Tu as demandé : « Qu'est-ce qu'on va faire ? Qu'est-ce qu'on va devenir ? »

— Rien.

Elle n'a pas voulu que tu la prennes. Tu t'es contenté de goûter longuement son sexe, petit coquillage de miel frémissant sous les draps. C'est tout. Après, vous avez longtemps parlé à voix basse. Tu lui as demandé : « Est-ce qu'Alya te plaît ? »

Elle eut, pour toute réponse, ce mouvement quasi imperceptible des lèvres, ce oui d'agonisante, cet aveu de l'impossible.

Tu sais qu'à ce moment précis, vous auriez dû vous lever et rejoindre Alya dans la chambre voisine, mais vous ne l'avez pas fait. Pendant une minute, haletants, vous êtes restés suspendus à ce possible. Tu t'es endormi dans ses bras et c'est ainsi qu'Alya vous a découverts le matin.

Deux heures plus tard, René passait prendre Laurie pour la conduire à la gare.

Plusieurs jours se sont écoulés comme un filet d'eau sale depuis ta dernière entrée dans ce cahier désormais maculé d'encre, de café et de vin. Tu dois admettre qu'il est impossible de rendre compte de tout. La vérité ne se laisse pas avoir : elle s'accommodera des rebondissements spectaculaires, des erreurs d'interprétation ou de perspective, de l'évanescence de toutes choses, mais elle t'échappera toujours.

Tu disais ne vouloir écrire, dans ce cahier, que la vérité ; mais tu as été malhonnête. Même ton désir de vérité est malhonnête. Tu cherches peut-être simplement à blesser tes proches, à te venger de leur amour, à les punir et à les humilier parce que tu ne supportes pas de vivre sous leur regard. Tu veux leur donner du fil à retordre. Tu tiens à ce qu'ils se sentent souillés de t'avoir approché, d'avoir tenu ta main ou d'être restés allongés dans un lit près de toi.

Être dans la vérité, pour l'instant, c'est écrire dans le noir immuable. Percevoir, aussi clairement qu'une cicatrice sous la paupière, l'irrémissible colère de la lune. C'est elle qui te dérouillera la gueule à la fin.

Après le départ en catastrophe de Laurie, Alya et toi vous êtes disputés comme jamais. Elle a tempêté, hurlé tant et si bien qu'à la fin, tu es sorti de tes gonds. Tu as dit des choses inutilement blessantes et stupides. Tu les regrettes, mais il est trop tard. Ce qui est insupportable, c'est de savoir qu'elle a cette emprise sur toi : qu'elle pourrait presque te pousser à lui faire mal. Tu ne te sens pas capable de vivre avec quelqu'un qui a sur toi ce sombre pouvoir, qui t'entraîne sur cette pente ou même, simplement, assume que tu pourrais l'y suivre.

Tu marches en toi-même comme en de vastes hangars vides et tes pas résonnent dans cet air poussiéreux. Il n'y a rien. Hier encore ils abritaient quelque chose, une lueur obstinée persistait d'un côté ou de l'autre et, dans un coin, palpitait un reste de joie.

Tout a disparu.

Sauf à recommencer le travail – le merveilleux travail de la douleur et du silence – ou à t'étendre au milieu de tes spectres ; de quoi pourrais-tu encore douter ? Par la fenêtre, tu aperçois tes prochaines victimes. Elles ne savent pas encore que tu les aimes.

Il est plus important d'être soi-même que qui que ce soit d'autre.

Virginia WOOLF

Tu es à Paris depuis quelques jours. Le moment était bien choisi pour prendre un pas de recul. Tu ne peux pas nier que ta relation avec Alya s'essouffle, que votre couple bat de l'aile, comme on dit, mais ce n'est peut-être qu'un malentendu. Tes sentiments pour elle sont forts et tu ne l'aimes pas moins qu'avant. Tu as peut-être seulement peur de l'aimer mal. De la mal aimer.

Tu es assis au Grand Café du boulevard des Capucines et tu penses à Laurie. C'est plus fort que toi. De ta place, tu aperçois la table où vous avez dîné ce fameux soir de mars, après la beuverie de l'Ambassade. Tu constates que l'espace est si exigu, les tables si étroites, que Laurie a eu raison d'estimer qu'en lui faisant du pied sous la table pendant tout le dîner, P.-A. avait eu la partie trop facile. Quelques heures plus tard, en la voyant partir au bras de cet homme, tu as bien cru que ton cœur allait se briser. Pourtant, tu n'étais pas jaloux de P.-A. Peut-être étais-tu simplement ulcéré d'avoir été d'emblée exclu de cette intimité naissante. Tu sais très bien pourquoi tu es revenu au Grand Café : tu les revois s'éloigner, s'éloigner encore. Ce n'est pas un jeu. En venant ici, tu souhaitais réellement revivre l'émotion qui t'a étreint ce soir-là.

Sommes-nous vraiment condamnés à ne vivre qu'une seule version du possible ? Sommes-nous à ce point victime des enchaînements ? Est-il possible d'aimer plusieurs personnes à la fois avec une affection et une tendresse égales, sans avoir à mentir pour affirmer sa passion à chacune ? Tu demandes des réponses à des questions qui n'ont peut-être pas de sens. Tu as toujours vécu en couple sans bien savoir ce que cela signifiait pour toi. En couple par défaut, comme si tu ne faisais que répondre aux attentes des femmes que tu as aimées. Elles te voulaient pour elles seules et il t'a toujours paru raisonnable de leur assurer cette exclusivité à laquelle elles semblaient tant tenir. Tu as peut-être été le principal artisan de ton malheur. Tu entres facilement dans la cage dorée du couple fusionnel ; mais avec le temps, elle te paraît chaque fois de plus en plus exiguë. Le désir d'exclusivité découle-t-il d'une volonté de s'approprier l'autre et d'en faire sa chose ? Tu penses à Kafka qui n'a jamais vraiment vécu en couple, sauf peut-être à la toute fin de sa vie, avec la jeune Dora Diamant. Il s'est pourtant fiancé trois fois : en plus de rompre deux fois ses fiançailles avec Felice Bauer, on dit qu'il a sacrifié la jeune et innocente Julie Wohryeck sur l'autel de la littérature. Vraiment ? Peut-être craignait-il plutôt la vie de couple ? Appréhendait-il l'insignifiance d'un quotidien à deux ? Possible. Tu crois surtout qu'il ne pouvait se résoudre à n'aimer qu'une seule femme ; sujet à éprouver des affections multiples, mais incapable de s'affranchir des contraintes morales et sociales de son époque. Dans *Le procès*, Kafka fait dire à son personnage principal : « Les femmes ont un grand pouvoir. Si je pouvais convaincre deux ou trois femmes de travailler ensemble avec moi, j'aurais forcément gain de cause ! » Ça ressemble beaucoup à l'aveu d'un incorrigible polyamoureux. Josef K ne sait pas que l'exécution de sa sentence est imminente. Il ignore même que son verdict a été prononcé depuis longtemps, mais il peut encore s'illusionner et croire que son salut passe par les mains des femmes. Par celles de deux ou trois femmes, pour être précis.

Ménard réfuterait sans doute ta thèse en trois coups de cuiller à pot, mais au diable le professeur Ménard. Il est à des milliers de kilomètres d'ici. Et Alya est ici, avec toi. C'est ta Leni, ton dernier rempart contre l'effarante stupidité de la mort.

Alya, vraiment ? Ou Laurie ?

Chère Laurie,

Je t'écris d'une table du Grand Café, boulevard des Capucines.

Te souviens-tu des vitraux du Grand Café ? Ils sont incroyablement kitsch et pourtant si émouvants. Tout s'embrouille. Mon corps ne veut pas de moi. Mon corps ne m'aime pas. Mon corps me déteste et je le lui rends bien.

Il faudrait une infinie tendresse pour répondre à cette tendresse infinie, Laurie. Je peux encore supporter mon reflet dans la glace. Je peux encore le faire. Je suis davantage que cette réflexion fatiguée. L'image est trouble, mais c'est la mienne.

Je reviens sans cesse à cette nuit, oui, j'y reviens comme un chien malade lécherait sa plaie. Parce que tu m'as touché alors ; ému et bouleversé en un lieu que peut-être, jusqu'à mon dernier souffle, je couvrirai de terre. Mais dis-toi que cet instant d'une perfection inouïe, je ne le condamne pas, je ne le renie pas. Il reste suspendu en moi comme une chose décidée, d'une intarissable évidence : ce qui s'écoulait de nous en silence et parfumait la nuit, Laurie, n'était rien d'autre que nos vies.

Mais le savais-tu ?

La vérité, c'est qu'une brèche s'est ouverte en moi, cette nuit-là. Une fissure mortelle par laquelle la pensée de toi n'a plus cessé d'affluer en moi, de m'habiter, de me détruire et de me recréer.

Tu m'as révélé ma propre transparence, Laurie.

Je me souviens de tout ce que tu as dit cette nuit-là. Tu as dit des choses terribles te concernant. Tu n'éprouves pas la moindre compassion. Tu es sans pitié pour toi-même. Je me souviens de tout ce que tu as tenu à taire, aussi, du moindre halètement de plaisir échappé. De tes odeurs : l'odeur suave de tes cheveux, qui n'est pas celle de ta peau – plus sucrée et plus douce –, celle de ton sexe, affolante, et que j'aurais bien gardée sur moi pendant des jours.

Il est vrai qu'Alya et moi sommes profondément intoxiqués l'un de l'autre. Le miracle consiste peut-être en ceci que plus j'apprends à la connaître, plus son énigme croît. Je sais, grâce à elle, que le mystère de l'être est inépuisable. Mais je ne peux m'empêcher de penser que nous aurions dû la rejoindre cette nuit-là ; que peut-être, si nous nous étions allongés dans ce lit trop grand pour elle seule, la suite aurait été différente. Mais nous ne le saurons jamais, n'est-ce pas ?

T'arrive-t-il de penser à moi depuis cette nuit lamentable ? D'imaginer que, moi aussi, pour un instant encore, je respire le bon air et je scrute ? Je scrute avec acharnement et enthousiasme la parcelle infime de ce monde qui m'est non seulement donné à voir et à entendre, mais aussi à toucher et à salir de toutes mes forces avant de m'y associer pour de bon dans une indifférence qui fait peur à ceux qui s'économisent.

Est-ce que tu t'économises, Laurie ?

Est-ce que ta jubilation braconne ?

Ton oscillation rayonne-t-elle ?

Bâillonnes-tu tout cela en toi ou ta joie demeure-t-elle ?

Il faut se consumer. Se consumer, Laurie ! Par tous les moyens, favoriser le processus par lequel la vie nous tue. La vie n'est pas faite pour durer. Ça se saurait, tu penses bien. Même enterrés vivants comme nous le sommes, il faut soumettre la mort. Savoir que c'est impossible et qu'il faut le faire pour cette raison précise.

Tant de choses en nous doivent mourir. Tant de choses en nous veulent vivre malgré la vie. Mais nous mourons seuls, n'est-ce pas ? Comme toutes les choses vivantes. Et c'est l'unique certitude.

Non. Peut-être encore celle-ci : qu'il faut refuser de vivre seul, d'aller seul vers la solitude infinie de la mort. Qu'il faut rechercher la solitude, mais uniquement pour l'horreur de la mort qu'elle suscite en nous ; la rechercher sans trêve et la refuser sans cesse. Ne la rechercher que pour mieux la rejeter. De même pour l'autre, que l'on aime et pour qui l'on souffre. C'est parce qu'en le rejetant nous le rendons à lui-même, à sa solitude naturelle, à la pureté de son vertige et à la souveraineté de sa propre mort, qu'il faut que l'autre nous maudisse. Que ta détestation soit pure, Laurie. Qu'elle soit libre et sauvage.

Tu m'as dit un jour qu'on pouvait s'émouvoir un temps de la fraîcheur de ces jeunes femmes qui découvrent qu'elles sont désirables et belles, qui sont conscientes du pouvoir qu'elles exercent sur les hommes et de la facilité avec laquelle elles peuvent en jouer. S'émouvoir ? Non. S'attendrir, sans plus. Et bientôt se dégoûter. Je sais déjà tout ce qu'il y a à savoir de la chair des jeunes filles : de sa souplesse, de sa transparence et de son goût insipide et fade qui rappelle l'odeur des nouveaux-nés. Ces chairs qui n'ont pas vibré, tressailli, souffert et joui dans les mains d'autres hommes – quantité d'autres hommes, oui ! –, je les possède sans joie. Je les consomme.

Je ne sais presque rien de la jeune fille que tu as été. Je ne la connais pas. J'ignore absolument si j'aurais pu m'éprendre d'elle comme je suis épris de toi. Mais j'en doute.

L'âge de l'innocence, c'est celui où l'on bave pour un corps attrayant ou simplement bien fait. C'est l'âge où, regardant l'aiguille des secondes à l'horloge, on peut se dire d'un tic-tac à l'autre : une de plus, une de plus... Cet âge est révolu du moment qu'observant cette même aiguille on en vient à se dire : une de moins, encore une de moins...

L'âge de l'innocence ne revient jamais.

Depuis cette nuit sans nom, depuis ce fiasco lamentable, je suis dans l'impossibilité de tout. Impossible de marcher tandis que je marche, impossible de respirer tandis que je respire, impossible de t'écrire, impossible de ne pas t'écrire, impossible de t'approcher bien que je t'approche, impossible de te toucher bien que je te touche. Je suis véritablement nu devant toi, maintenant. L'être même et l'excès même de cet être. Rien d'autre, mais absolument. Dans toute son imbécilité, dans toute sa grâce. Défaillible de la tête aux pieds. Il ne reste rien de moi, de l'image que j'ai pu vouloir projeter. Rien que ce noyau sombre mais intact, voué à la disparition. Rien que cet infini désarmant que je perçois aussi en toi.

On peut parfois se dire que si l'on ne va pas au bout de certaines expériences, on n'ira jamais au bout de rien. Mais le bout de cette expérience qu'est la vie, le bout de la vie, c'est la mort. Et il est toujours possible d'y aller tout de suite, à la seconde. Il est terrible de vivre en sachant cela, mais plus effrayant encore de penser qu'il n'existe aucune autre façon de vivre les yeux ouverts.

« Ma vie est hésitation devant la naissance », écrit Kafka dans son journal. Et aussi : « Sans cesse tu parles de la mort et pourtant tu ne meurs pas ». Alors, dis-moi Laurie, la naissance nous épouvante-t-elle parce qu'elle n'annonce que la mort ? La mort comme expérience ultime de la vie ? Non pas comme la seule expérience qui mériterait d'être vécue, mais comme la seule expérience possible ? Je vis, pour l'instant, au sommet de cette courbe, au point de rupture de cette tension qui fait l'être à la fois plus mortel et plus vivant. Je sais que nul ne peut se tenir bien longtemps sans danger en ce lieu qui abolit la conscience tout en l'exacerbant, ce lieu terrible dont on ne saurait dire s'il nous crée ou s'il nous anéantit, qui nous entraîne irrémédiablement du côté de la folie mais du sommet duquel tout nous paraît soudain si limpide, et peut-être ne l'ai-je pas compris à temps.

Si nous refusons la vie miraculeuse qui nous est offerte, libre à nous. Personne ne nous condamnera pour si peu. Mais personne non plus ne nous accusera de l'avoir vécue. Jamais. Parce qu'il n'y a personne. Il n'y a rien. Que l'extase brève et définitive, suivie de très près par la mort.

Et si ta voix m'aide à mourir, Laurie, comment me la refuserais-tu ?

Chacun souffre inévitablement, dans le cours de la vie, une expérience presque intolérable à laquelle il lui faut désormais faire place, s'il veut vivre et vivre sain d'esprit.

Maurice BLANCHOT

Il émane des êtres qui vivent à l'excès dans la conscience de leur disparition imminente une charge magnétique si puissante qu'on ne peut pas facilement leur résister. Tu sais quelque chose du trouble physique que leur seule présence dans une pièce peut provoquer. Chacune des cellules de leur corps semble crier : « Il le faut ! Il le faut ! » On n'imagine pas facilement de tels êtres céder à leurs pulsions. Et pourtant ! Font-ils autre chose tandis qu'ils vous scrutent en des régions de votre être dont vous ne soupçonniez même pas l'existence ?

Laurie ne peut rien pour toi. Tu l'as toujours su.

Tu es vraiment arrivé au bout de tes larmes et de ton sang. Tu restes en face de la mort et tu la regardes un peu de travers. Pour la première fois, elle dit qu'elle ne te veut aucun mal. Elle répète, mais elle semble s'adresser à un petit garçon : « Aucun mal ». Elle dit qu'elle ne signifie rien. « Je ne signifie rien », te susurre-t-elle à l'oreille. Tu veux la croire, lui dire de s'en aller, la retenir. Tu ne sais pas ce que tu veux ; mais à la fin, elle te prend dans ses bras. « Pour te consoler », dit-elle. Mais tu ne souhaites pas être consolé, pas par la mort en tout cas ; alors tu lui craches dessus, tu la bourres de coups. Tu as l'énergie du désespoir, mais ton attitude l'amuse. Tu ne seras jamais le jouet de la mort, dis-tu. Tu ne seras jamais son petit garçon.

La nuit dernière, tu as fait ce rêve horrible : la tête de ton fils gisait sur le sol. La moitié de son visage était arrachée.

Même maintenant, il t'est impossible de comprendre, et encore moins d'expliquer, comment tu as pu consigner une telle abomination sans broncher, sans même un frisson ou un sursaut d'horreur. La vue d'un guêpier t'effraierait sans doute davantage.

Le jour où tu as compris qu'il n'y avait aucune limite à la perversité humaine, tu as cessé d'avoir peur. Un peu comme si, un matin au réveil, tu constatais que tu étais devenu chauve et bedonnant au cours de la nuit.

« Vous êtes en état d'arrestation ! »

C'est trop. Si tu arrives à te soulever, c'est pour t'effondrer deux pas plus loin. Tu es peut-être en pleine dépression, qui sait ?

« Pendant longtemps, disait cet homme rencontré dans un train, je me suis cru en train de mourir. Je ne le savais pas alors, mais je l'étais. » Et il ajoutait : « Le repos est un leurre : c'est uniquement le temps qui passe et ne connaît pas la pitié. »

À une certaine époque de ta vie, il t'arrivait de descendre dans la rue quand tes enfants chahutaient un peu trop. Le simple fait d'enfiler ta veste pour sortir exigeait de toi un effort inouï. Tous tes membres semblaient broyés. Tu marchais alors droit devant toi en te faisant l'effet d'être une matière dangereuse, inflammable. Tu fendais la foule sans jamais dévier d'un côté ou de l'autre, frappant les badauds de plein fouet ou n'évitant certains, plus alertes, que parce qu'ils se jetaient de côté au dernier moment. Souvent, on t'insultait. Tu ne te retournais pas. Tu aimais la résistance, l'inertie que ces corps t'offraient. C'était un moyen simple de te prouver ta propre consistance et de sentir le poids de ta chair sur tes os.

Laurie t'écrit. *Grosso modo*, elle rétorque que tu as beau la voir dans ta soupe, l'amour – du moins le tien – n'a rien d'une ITS : ce n'est pas contagieux. Pince-sans-rire, elle ajoute que pour arriver à écrire, tu devras cesser d'essayer. Elle n'a pas tort, Laurie. Tu sais qu'elle n'a pas tort. Alors tu essaies d'arrêter d'essayer.

Choses et autres découvertes récemment

Que la solitude n'est pas plus nécessaire
que l'autre n'est indispensable.

Qu'on ne fait, en dernière analyse,
qu'un nombre assez limité de choix au cours
d'une vie humaine.

Qu'on aime.

Qu'on peut aimer.

Qu'on ne persiste pour rien d'autre.

Qu'on aime toujours.

Qu'ils s'avancent masqués ou à visage découvert.

Qu'ils soient nus ou échoués.

Que c'est pour tout ce qu'ils ne peuvent nous
donner qu'on les aime tant qu'on en crève
à la fin comme des chevaux de foire.

C'est jour de marché sur la Place Maubert-Mutualité. Les melons de Cavaillon sont à vingt francs les deux. Tu ne peux pas les rater. « Vingt francs, les melons ! Les bons melons, vingt francs les deux ! » Ça te manquera, ce *vingt francs les deux*, quand l'euro fera la loi. Tu as payé le garçon de café et tu marches en direction de l'hôtel. Tu es descendu à l'hôtel Cujas, à deux pas de la Sorbonne et des jardins du Luxembourg. Tu te surprends à penser que la vie est un long fleuve infesté de touristes. Tu ne comprends toujours pas la raison d'être de ce cahier, mais tu sais qu'il ne te sauvera ni de toi-même ni des autres. Tu marches, propulsé par de petits ressorts têtus qui te compriment le cœur. Tu t'arrêtes aux Thermes de Cluny où sont conservés les tapisseries de la Dame à la Licorne ainsi que le Pilier des Nautes, découvert en 1711 sous le chœur de la cathédrale Notre-Dame de Paris, sur lequel est gravé l'image de Cernounos, le dieu cornu des Gaulois et des Celtes que l'Église catholique a caricaturé pour fabriquer son diable, son axe du mal. Mais Cernounos n'a pas l'air bien méchant. Tu sais qu'il n'incarne ni le mal ni le péché et qu'il représente plutôt le respect que nous inspirent les forces de la nature. Qu'arriverait-il si tu les laissais se déchaîner en toi, ces forces-là ? Que se passerait-il si tu arrêtais d'essayer de tout rationaliser et que tu te mettais enfin à vivre ta vie ?

Un peu plus tard, ton errance te mène devant la statue de Montaigne dont la pantoufle est polie par la main des passants. Toi aussi tu la touches. Tu ne sais pas pourquoi, mais c'est comme ça. Tu la touches sans y penser, comme tu touches parfois les femmes. Depuis que tu es à Paris, chaque fois que tu passes devant une librairie, tu prends le temps d'entrer et tu demandes les œuvres de Stanislas de Guaïta, le mage de Tarquimpol. Chaque fois, on te répond qu'elles sont introuvables, les tirages épuisés depuis longtemps ; puis, on te regarde d'un air entendu et supérieur, comme si le verdict te concernant, toi et tous les autres hurluberlus de ta race, était déjà tombé depuis des lustres : une bande de tarés.

Les œuvres de l'occultiste sont au nombre de trois ; mais de sa trilogie, *Le Serpent de la genèse*, Stanislas n'écrivit entièrement que deux tomes : *Le temple de Satan* et *La clef de la magie noire*. La rédaction du troisième tome, *Le problème du mal,* qu'il avait ébauchée avant de mourir, fut poursuivie par son secrétaire et ami, Oswald Wirth, et complétée par Marius

Lepage. Auparavant, de 1881 à 1885, de Guaïta a également fait paraître trois recueils de poèmes assez mièvres et, pour tout dire, si convenus qu'ils avaient suscité ce commentaire de Maurice Barrès, qui se disait pourtant son ami : « De Guaïta a trouvé un éditeur bien avant de s'être trouvé lui-même ». Aujourd'hui, tu n'avais qu'une envie : te retrouver seul à l'hôtel, mais rien n'est jamais aussi simple. Tu tombes sur la librairie Laymarie, rue Saint-Jacques. Tu traverses la rue sans réfléchir et tu entres dans la boutique. Lorsque tu demandes à la dame sans âge assise derrière le comptoir si elle a des ouvrages de Stanislas de Guaïta sur ses rayons, elle ouvre une petite porte jusqu'alors dissimulée derrière elle et elle se penche pour demander : « Monsieur cherche les livres de Stanis ». Tu te penches alors, l'imitant, et tu peux entrevoir, au milieu d'une épaisse fumée, quatre hommes en noir attablés autour d'un jeu de Tarot, fumant d'énormes cigares. Sur un signe de tête du plus corpulent des quatre hommes, la dame étire un bras vers un petit rayon situé juste derrière le comptoir et, d'un geste sûr, saisit un énorme bouquin, le premier tome du *Serpent de la Genèse*, intitulé *Le temple de Satan*.

La dame referme la porte derrière elle et les messieurs en noir sont relégués dans leurs visions prophétiques, leur imagerie égyptienne, leurs arcanes secrets et la fumée de leurs cigares. Tu regardes à nouveau la petite porte et tu la trouves, en effet, si minuscule que tu songes à l'impossibilité, pour ces gros bonhommes, de la franchir autrement qu'en rampant. Tu ne t'attendais pas à rencontrer Kafka dans l'arrière-boutique d'une librairie parisienne.

Tout juste à côté du *Temple de Satan*, tu remarques un livre ancien au titre provoquant : *La maîtresse légitime, Essai sur le mariage polygamique de demain*, d'un certain Georges Anquetil, publié à Paris en 1923. Le hasard n'existe pas. Tu achètes les deux bouquins. Comment pourrais-tu faire autrement ? Ne serait-ce que pour t'offrir le luxe d'avoir tout essayé, tu achètes les bouquins. Tu payes la dame aux yeux rouge sombre, à la tignasse d'ogresse, et tu sors. Tu t'attends presque à voir la boutique se volatiliser dans ton dos. Tu te retournerais juste à temps pour voir la façade de la librairie et sa minuscule vitrine se liquéfier lentement et s'écouler dans le caniveau, sans bruit, comme dans un trip d'acide ; emportant l'ogresse, les messieurs en noir et leurs livres de sorcellerie. Mais ça n'arrive pas, bien sûr.

Hier soir, tu as cherché en vain, dans les environs de la Tour Saint-Jacques, la maison de l'alchimiste et écrivain Nicolas Flamel, censée être la plus vieille de Paris. Tu as également tenté de retrouver *Le Palais de Téhéran*, un resto iranien du boulevard Montparnasse où tu espérais déguster un *tchélo kebab koubideh* en souvenir de la fine cuisine persane dont Zari t'a gavé pendant tant d'années. Sans succès. Tu t'es retrouvé seul à l'hôtel où tu as passé une bonne partie de la nuit à lire *Le temple de Satan*. Tu ne t'y retrouves pas facilement. À vrai dire, pas du tout. Il est question de tout dans ce bouquin, de tout et de n'importe quoi : ça va des philtres à base de squelettes de grenouilles ou de testicules de lièvres aux Templiers, en passant par les onguents magiques et le sabbat des sorciers. Stanis, tout comme Aleister Crowley, forçait sans doute un peu trop sur la morphine.

Aussi, tu avais fait le vœu de lire *Satori à Paris*, de Jack Kerouac, confortablement installé à la terrasse d'un café de la place de la Contrescarpe et c'est ce que tu as fait aujourd'hui. L'édition de poche de *Satori* comporte une notice biographique des plus navrantes qui se termine par ces mots : « Miné par la solitude et l'alcool, Jack Kerouac est mort en 1969, à l'âge de quarante-sept ans. »

Quelle infamie ! Tu te demandes comment l'éditeur a pu se sentir autorisé à écrire pareille grossièreté. Kerouac lui aurait-il dit ou écrit, peu de temps avant sa mort présumée – oui, toujours douter – qu'il mourait miné par la solitude et l'alcool ? Une autopsie aurait-t-elle révélé des traces de solitude ?

Le célèbre rouleau manuscrit de *Sur la route* s'est vendu 2,46 millions de dollars US chez Christie's à New York, établissant un nouveau record en la matière. C'est Jim Irsay qui se l'est offert. Le golden boy de quarante et un ans – Kafka est mort de la tuberculose à cet âge-là – est propriétaire des Colts d'Indianapolis, un club de football. C'est exactement le genre de type qui ne lèverait pas le petit doigt pour venir en aide à un ivrogne, un bodhisattva ou un écrivain de génie qui a roulé dans le caniveau.

Sur la place, trois clochards célestes, avachis sur les cinq mètres carrés de pelouse qui bordent la fontaine, cuvent un mauvais vin. Tu te dis que Jack, lui, aurait certainement été rejoindre ces trois poivrots-là, qu'il leur aurait payé des canons toute la soirée pour s'en faire des copains et qu'il leur aurait parlé avec son impossible accent de Canuck et se serait senti à l'aise dans Paris fébrile et tartiné de touristes et qu'il aurait fini par chanter et se mettre à gueuler :

J'me suis engagé dans la Flotte
Voir le monde était mon but
Et keksè donc k'j'ai vu ?
C'que j'ai vu, c'est la flotte

C'est une évidence : Jack Kerouac n'a jamais mis les pieds à Tarquimpol.

Beaucoup de stress à Paris depuis quelques jours.

Tu es sans nouvelles d'Alya, sans nouvelles de Laurie.

Hier soir, tu as presque tourné de l'œil : soudaine montée de liquide rachidien à la sortie de la petite salle de cinéma de la rue Cujas où tu es allé revoir

Le sacrifice d'Andreï Tarkovsky. C'est Nadine, la gentille Nadine, qui t'a ramené à ton hôtel et a tenu à te consoler de tout, y compris de l'imminence de sa propre disparition.

Nadine à la peau si douce et aux seins si fermes malgré ses quarante balais. Nadine que tu as vénérée toute une nuit en échange de l'éternité. Nadine dont la fille unique est morte d'un cancer l'été dernier. Elle t'a tout raconté en quelques phrases dures, impitoyables, sur la nécessité de laisser partir les morts. Nadine qui, après avoir récolté chaque goutte de ton sperme, s'est étendue sur le dos et a tenu ses jambes relevées pendant un très long moment, exactement comme on apprend à le faire aux femmes qui désirent concevoir.

Ces rencontres sans lendemain t'ont toujours laissé perplexe : comment peux-tu te rapprocher si naturellement de ces êtres qui ne te sont rien, alors que tu ressens l'impossibilité d'approcher ceux qui donnent un sens à ton existence ?

Tu sais très bien que tu ne la reverras jamais.

～

Malade. Au lit depuis trois jours. Tu te résignes au fait que ces jours-là sont perdus, égrenés, et que tu n'as pas écrit une seule ligne.

À Paris depuis douze jours.

～

Tu souffres de confusion mentale. Ce sont les antibiotiques que l'on t'a prescrits qui te font cet effet. Ton esprit n'arrive à se fixer sur rien. Tu voudrais le dire au médecin, mais les mots s'embrouillent et tu dis n'importe quoi.

Le docteur est une docteure. Elle est Vietnamienne.

« Moi très bien connaître maladies tropicales », dit-elle, avant de t'asséner le nom de la bestiole qui te dispute le territoire de ton corps : *Blastophylis hominis.* Dans sa bouche à elle, ça sonne comme une ITS. *Blasto* est coriace. Jusqu'ici, il a résisté à deux traitements aux antibiotiques. Tu en as vraiment marre de ces pilules. Elles n'améliorent pas ton état. Cette fois, la doc t'assène 750 mg de metronidazole par jour. On estime à un gramme la dose mortelle de metronidazole. Tu as vérifié. Tu te demandes vraiment au moyen de quels calculs surréalistes les chercheurs en arrivent à des chiffres semblables. Est-ce qu'ils ont des cobayes pour établir ce genre de statistiques ? Sont-ils bien rémunérés ? S'agit-il de cobayes syndiqués ? Ont-ils droit à une dernière cigarette cinq minutes avant qu'on leur injecte la dose mortelle ? Ont-

ils signé quelque chose, un document quelconque,
qui stipulerait ce qu'il faut faire de leur dépouille
quand les scientifiques auront terminé leurs
expertises ?

Il est terrible pour un homme de se rendre compte soudainement que, toute sa vie, il n'a jamais fait autre chose que dire la vérité.

Oscar WILDE

En voyage, il y a toujours un moment où l'on se demande pourquoi il a fallu partir, où l'on ne sait plus si l'on va revenir ; un moment où ça ne compte plus tellement de le savoir. Il y a toujours un moment, vite culbuté par un autre, où l'essentiel est de l'ignorer.

Tu t'es installé pour lire à la terrasse d'un bistro. *Le temple de Satan*, que tu parcours en diagonal, et *La maîtresse légitime*, posé devant toi sur la table, t'attirent les regards horrifiés des passants. Tu les emmerdes. Tu leur préfères les moineaux parisiens, effrontés, qui sautillent de table en table ou volent en rase-mottes dans l'espoir de choper un bout de jambon ou une miette de pain. Rien ne leur échappe à ces petits bougres. Ils sont partout chez eux. Pas toi. Cette comédie a assez duré. Tu veux rentrer maintenant.

Tu téléphones à Alya. Tu passes tes problèmes de santé sous silence. De toute façon, tu te sens beaucoup mieux. Aussi bien que possible, à vrai dire.

« Cette comédie a assez duré, dis-tu. Je veux rentrer. »

Alya ne se fait pas prier. Elle a tout pardonné. Elle ne sait pas pourquoi, mais elle t'aime. Tu lui manques, dit-elle ; mais pas comme tu pourrais le croire. Ses hésitations te condamnent à revenir. Tu ne t'y attendais pas, mais elle a des aveux à te faire.

Tu t'es plus ou moins réconcilié avec l'idée que Laurie est immunisée contre l'affection que tu lui portes. Pourtant, quelque chose te dit qu'il n'y aurait qu'un pas à faire. C'est peut-être simplement le fait qu'Alya et toi formez un couple qui l'empêche de se rapprocher de toi. Tu ne sais pas. Tu en as certainement contre le couple, contre l'idée même de monogamie, d'exclusivité qui te semble de plus en plus anachronique. Comme s'il fallait, pour être heureux, s'amputer d'une partie de soi au profit d'une impossible bête à deux têtes. Tu sens bien l'absurde de cette situation. Le couple est un carcan qui pourrit votre relation. C'est un modèle archaïque fondé sur l'injonction du dieu judéo-chrétien : « Soyez féconds, multipliez-vous et remplissez la terre ! » Le couple : un formidable piège à cons qui a pour but premier d'assurer la perpétuation de l'espèce.

Tu lis l'*Essai sur le mariage polygamique*, de Georges Anquetil, qui recommande la polygynie pour le même motif et ça te lève le cœur. Mais Anquetil a quand même eu la bonne idée de présenter son livre sous forme d'enquête et il publie, en fin de volume, les commentaires de plusieurs de ses collègues écrivains en réponse à sa proposition de légaliser la polygamie. L'une d'elles te ravit, celle de J.H. Rosny, que tu recopies consciencieusement dans ton cahier.

Monsieur et cher Confrère,

En effet, pourquoi pas la polygamie ? Pour mon compte, elle n'a rien de déplaisant. Mais, comme je suis féministe, si je m'applique la polygamie, il va falloir que j'admette la polyandrie. Alors, un monsieur pourrait avoir, par exemple, trois femmes, dont chacune aurait trois maris. À première vue, ça paraît assez compliqué.

Mais non, très cher collègue, au contraire : rien ne vaut la variété. Au début du XXe siècle, une certaine Jeannie Seaman a été arrêtée à New York sous l'inculpation d'octogamie. Elle a successivement contracté mariage avec un professeur de langues – ce qui montre assez bien ses goûts en la matière –, un courtier, un restaurateur, un cafetier, un laboureur – ce qui les montre encore, mais sous un angle différent –, un professeur de bowling – là, tu es blousé quant à ses préférences – et enfin un détective – et elle aurait certainement continué comme ça encore longtemps si elle n'avait fait, en bout de ligne, ce choix douteux. Jeannie Seaman n'a eu d'enfant avec aucun de ses sept époux, mais elle s'est drôlement éclaté. Ils étaient d'ailleurs tous en parfaite santé au moment de son inculpation. Tu n'imagines pas que ses sept maris aient pu être monogames de leur côté. Pas tous. Statistiquement, c'est impossible. Ils devaient être polyfidèles ou quelque chose comme ça. Tu repenses à Vion d'Alibray qui, en 1653, publiait *L'amour divisé. Discours académique où il est prouvé qu'on peut aimer plusieurs personnes en même temps.* Ces gens-là savaient vivre. C'était il y a longtemps.

De toute façon, ça ne te vaut rien d'imaginer ce que serait ta vie dans un monde où l'amour ne serait pas soumis aux diktats néo-puritains d'un Occident vieillissant. Regarde dans quel état ça te met. Ça ne t'avance pas non plus d'imaginer ce que serait notre monde si nous cessions de nous comporter comme des abrutis d'immortels et que nous choisissions plutôt de vivre la plénitude de chaque instant. Tout ce que ça fait, c'est t'empêcher de le vivre. Plus que jamais, tu te sens en rupture de ban avec tes contemporains. La révolution sexuelle a presque un demi-siècle et rien n'a vraiment changé. Oui, bien sûr, l'omniprésence du sexe est indiscutable : des millions de couples échangistes vantent le plaisir sans tabou sur le Web et il n'y a sûrement rien de plus commun, de nos jours, qu'un trip à trois. Mais l'amour à trois ? Ça non. Tout le monde a ce préjugé contre le triolisme : ça ne marche pas, c'est toujours forcément une histoire de cul. Au mieux, c'est impossible. Au pire, c'est bestial. Avilissant. Pornographique. Mais tu as quelque chose de plus ambitieux en tête, une sorte de tribalisme amoureux. Une tribu au sein de laquelle on pourrait s'aimer sans se mentir, dans une transparence affective qui n'a peut-être encore jamais été vécue à cette échelle. Tu délires peut-être, mais tu as bien le droit de rêver.

De retour à Soyons – où rien ne change, où rien n'a vraiment changé depuis cent cinquante mille ans et des poussières –, tu récupères ta cage. Vous travaillez désormais, Alya et toi, chacun à un bout de la maison. Alya dans votre chambre, devant l'ordi, toi dans le salon avec ta corde à livres.

Sait-on jamais ce qui nous pousse à agir ? Ou à ne pas ?

Alya et René ont une liaison depuis peu. Tu t'en doutais. Ils ont commencé à se voir pendant ton séjour à Paris. Tu ne sais ni qu'en penser ni qu'en dire. La vie coule sur toi si doucement que c'est presque une hérésie. La jalousie ? Tu n'irais pas jusqu'à dire que tu n'éprouves pas la moindre jalousie. C'est désagréable, ce serrement au milieu des entrailles, comme la peur de l'impossible, la peur que l'amour ne suffise pas, la peur d'être écarté, rejeté. Mais ça ne dure pas. Tu regrettes seulement que la même chose n'ait pas pu se produire avec Laurie. Ça n'aurait pas été la même chose, tu le sais bien. Toi, tu rêvais d'elles deux dans ton lit. Tu espérais même les voir s'aimer. S'aimer d'amour. Tu te sens nul et tu as bien raison. Aujourd'hui, sur cette planète à feu et à sang, tu revendiques le titre de roi des nuls.

Morsure de l'en-soi, comme l'écrivait si justement monsieur Joyce, le bien nommé. Désir, vieil arbre auquel le plaisir sert d'engrais, ajouterait Baudelaire.

Maintenant, par exemple, il te suffirait d'ouvrir la porte-fenêtre, de faire quelques pas pour traverser le jardin, puis de frapper doucement à la fenêtre de la chambre. Alya se lèverait pour venir t'ouvrir, se jucherait sur la pointe des pieds pour t'embrasser. Le lit serait là, à moins d'un mètre, pour vous accueillir.

Un bonheur d'une redoutable simplicité.

La nuit dernière, tu as rêvé à répétition – ce sont ces rêves échevelés desquels tu t'éveilles en sueur et te rendors presque aussitôt pour en retrouver le fil – qu'Alya était amoureuse d'un meurtrier. Tu ignores comment tu as pu en arriver à cette conclusion, mais ton rêve ne laisse aucune place au doute : l'amant d'Alya est un meurtrier notoire. L'homme séduit ses victimes, puis les tue. Tu voudrais protéger Alya de ce monstre, mais tu t'y prends comme un manche et tu ne parviens qu'à l'exaspérer. Elle semble vraiment amoureuse de ce type, et c'est pourquoi tu changes de stratégie : « S'il téléphone ce soir, dis-lui qu'il peut venir. »

Alya répond : « Nous deux, darling, c'était juste un score ».

Tu cherches vraiment à ignorer le sens profond de cette remarque.

« Il va falloir que tu m'oublies. C'est pour ton bien. »

À l'hôtel où vous logez, le meurtrier rôde. Tu demandes à ton directeur de maîtrise de t'aider. Le professeur Ménard te remet alors une très ancienne copie de son propre mémoire. « Pour ce qui est de l'homme que vous recherchez, dit-il, c'est un rôdeur. Pas la moindre trace. »

Tu déclares à Alya que tu es prêt à retrouver cet homme et à le mener jusqu'à elle. À le lui offrir, comme tu dis. Alya semble heureuse. Elle apprécie ton ouverture d'esprit, elle y est sensible ; mais votre rencontre avec cet homme n'aura jamais lieu.

Plus tard dans ce rêve, tu es engagé pour jouer une pantomime dans une pièce mise en scène par un certain Kunimori, maître de la pantomime. Les assistants de Maître Kunimori viennent te chercher pour te mener aux auditions d'une pièce intitulée *The Unwired*. Ils t'encadrent et t'empoignent par les bras – de la même manière que les bourreaux attrapent Josef K dans la scène finale du *Procès* pour le mener au supplice dans une carrière abandonnée, tel un christ inutile et sans envergure.

Une jeune Chinoise attire ton attention. Elle n'est vêtue que de sa longue crinière noire et lit son texte entourée d'un groupe d'admirateurs. « Lâchée lousse, elle est extraordinaire ! » lance un jeune garçon dans l'assistance.

Tu te retrouves juché sur une armoire et tu aperçois Maître Kunimori pour la toute première fois.

C'est un homme d'âge mûr au charisme puissant. Ses longs cheveux argentés se répandent en cascade sur ses épaules. Maître Kunimori demande à deux jeunes acteurs de jouer une pantomime sur le thème *Un homme en dévore un autre*. Tu assistes à ce fascinant spectacle : l'un des deux garçons dévore l'autre en commençant par la tête qu'il gobe à la manière d'un boa constrictor. L'homme mangé se débat vainement tandis que l'autre le consomme. Tu t'éveilles encore une fois couvert de sueur.

René prétend que ce rêve a quelque chose à voir avec votre amitié. Un homme en dévore un autre ? Oui, c'est peut-être ça l'amitié, dis-tu.

Dans le rêve suivant, tu marches dans une rue étroite de Valence en compagnie de René et d'un autre type que tu n'arrives jamais à voir de face. C'est le rêve dans lequel tu es héroïnomane. Tu trimballes, au fond d'une poche de ton pantalon, un petit sachet de poudre au sujet duquel tu te fais énormément de soucis. Tout à coup, de gros morceaux de ferraille tombent presque à vos pieds. Les bouts de tôle pleuvent autour de vous en sifflant. Il semble impossible d'en déterminer l'origine. Le métal est si chaud que vous pouvez l'entendre crépiter comme du maïs soufflé. René ramasse tout ce qu'il peut trouver, mais ne se brûle pas les mains. Tu relèves la tête et tu aperçois la longue traînée de fumée blanche et l'orage de débris sillonnant le ciel.

Aujourd'hui, la navette Colombia a explosé en vol quelques secondes après son entrée dans l'atmosphère et s'est désintégrée au-dessus du Texas et de cinq autres États américains.

Les rêves prémonitoires ne présentent aucun intérêt.

La chose la plus terrifiante est de s'accepter totalement.

Carl JUNG

Te revoici au bistro Le Sapin, livré à une insupportable attente, cette fois. Alya subit une interruption de grossesse dans une clinique voisine. Ce petit meurtre n'est pas insignifiant, même si tu voudrais le croire. Vous avez tous les deux conscience de ceci : il vient balayer les illusions que vous avez pu entretenir à propos de votre innocence ou de la pureté de votre relation. Comble d'ironie : la serveuse est enceinte jusqu'aux yeux. Elle dépose un ballon de rouge sur ta table et empoche l'argent que tu lui tends. Tu baisses les yeux vers le cordon de son tablier qui creuse inutilement une ligne profonde dans son ventre gonflé. Il y a peut-être déjà trop de mômes sur cette planète et ça commence à bien faire. Mais le meurtre de cet embryon ne vous sauvera pas. Il vous épargnera sans doute bien des turpitudes et vous évitera peut-être de sombrer dans la commune bêtise.

Il sera garant de votre si précieuse liberté, mais il ne laissera rien d'autre qu'une petite tache rouge sur votre âme autrement dépourvue d'éclat désormais. Une simple tache pour vous rappeler votre passé criminel. Car ce léger écart, cette si improbable erreur de parcours et, quoi que vous en disiez, ce sursaut d'horreur auquel votre décision vous condamne, le refus que vous opposez à cette masse de chair qui s'organisait en secret dans le ventre d'Alya pour débouler dans vos vies comme un chien dans un jeu de quilles, vous ne le regretterez pas. Simplement, vous savez qu'il ne faudra jamais prétendre que ce n'est pas arrivé.

En vieillissant, nous cultivons le sentiment que nous ne commettrions pas les mêmes erreurs si une seconde chance nous était offerte, mais peut-être sommes-nous leurrés d'autant plus sûrement que les raisons qui motivèrent nos choix s'estompent et s'embrouillent peu à peu dans nos esprits à mesure que leurs conséquences nous rattrapent.

Tu rejoins Alya à la sortie de la clinique. Elle est un peu pâle, on le serait à moins. Un curetage évacuateur est une expérience qu'aucune femme ne devrait avoir à vivre, elles sont pourtant nombreuses à en avoir subi plus d'un. Alya ne se plaint pas. Elle fait montre, au contraire, d'un aplomb remarquable.

« Tu sais, je ne suis pas certaine qu'il était de toi, ce bébé. » Tu sais, oui. Le nom de René n'aura même pas à être prononcé.

Extérieurement, tu sembles vivant. Tu souris, tu marches, tu prends sa petite main dans la tienne. La mécanique de tes émotions semble parfaitement réglée. Mais tu sais ce que cela dissimule : un vide profond, un écœurement surhumain, une souveraine absence de l'être à tout, une abjection toute-puissante et la certitude d'être déjà de l'autre côté du miroir, d'avoir renoncé, d'être déjà loin, sans espoir de retour, lavé de tout, libre d'attendre ou de disparaître, libre de mourir au doigt et à l'œil. Mais tu vivras. Tu vivras tellement qu'à la fin tu ne diras pas non.

Les années passant, bien des travers de ta personnalité se sont révélés impossibles à redresser, mais tu connais la souffrance. Quand il s'agit de misères physiques, morales ou psychologiques, tu crois savoir de quoi tu parles ; mais tu es sans doute un monstre d'égoïsme, comme l'affirme Zari. En vérité, et même si tu as surtout vécu en marge de tout, y compris de toi-même, tu as toujours été doué pour le bonheur. Jusqu'à maintenant, tu as l'impression d'avoir su rester à l'écart, de t'être aménagé un espace intérieur sécuritaire et d'y être demeuré fidèle. Mais tu te sens forcé d'admettre que cela t'est de plus en plus difficile. Tu sais bien que nous vivons dans un monde tragique et absurde et d'une insoutenable beauté. La certitude de la mort, comme son impossibilité, ne te quittent jamais. Ton désarroi est bien réel ; néanmoins, tu n'arrêtes pas de te dire qu'après tout, tu marches du bon côté de la pelouse.

Alya pleure et tu ne sais pas quoi faire pour la consoler. Tu ne sais que penser des larmes, toi, parce que c'est un pays de silence et de choses à jamais perdues. Alors tu la prends dans tes bras. C'est un petit corps bouillant de fièvre qui s'accroche à toi.

Tu exagères, comme toujours, et c'est pour cette raison que la vérité continue de t'échapper. Il y a des soirs moins tristes et Alya ne pleure pas. Elle sait qu'elle doit son nom à une étoile.

René vous rend visite moins souvent, prétextant une importante expo qu'il prépare pour le printemps. Tu n'es pas dupe : cette situation le met mal à l'aise. Tu dis qu'il faut laisser le temps au temps, que le temps arrange bien les choses et un tas de conneries semblables auxquelles tu n'as jamais cru. Finalement, tu grimpes dans la Peugeot 309 et tu files à l'atelier. Tu trouves René, complètement désœuvré, devant son tas de ferraille.

« Mon vieux, si on a l'intention de rendre cette femme heureuse, il va falloir qu'on grandisse un peu. » Tu l'invites à la maison. Alya retrouve le sourire.

Richard a improvisé une antenne pour améliorer la réception du téléviseur, mais les résultats sont loin d'être concluants. Vous ne distinguez que le contour du visage de l'animatrice et l'image parasitée d'une neige improbable qui crépite sur l'écran. Le mystère demeure en vous, semblable à ce minuscule récepteur affolé. Tu changes de chaîne. Une voix fait valoir l'importance de bien graisser la poêle avant d'y incorporer la viande d'agneau et les oignons hachés. Sur les autres chaînes, la guerre vole la vedette.

Pendant la guerre, nous recevons sans cesse des nouvelles du front. Des fronts, faudrait-il dire, car il y a les front nord, sud et ouest ; il y a le front est et il y a le front arrière, le front intérieur. Les gens de guerre ont pas mal de front.

Spectateurs avachis mais compatissants, nous attendons les réfugiés. Ils devraient être là, ils ont été programmés, ils sont à l'horaire. Nous devrions recevoir des images. Incessamment. Les réfugiés sont télégéniques. Les réfugiés qui se montrent sont bien plus payants que les réfugiés qui ne se montrent pas. Mais ils ne veulent pas se montrer, les réfugiés.

Ils ne se montreront pas.

Pendant la guerre, on a peur, on se sent vivre. C'est bon de se sentir vivre, d'affronter collective-ment l'idée de la mort, de trembler tous ensemble devant l'imminence d'une catastrophe. Ça resserre le tissu social. Des alliances stratégiques se dessinent. Il y a l'odeur du sang qui excite les loups, la peur qui pue ; il y a les tabous collatéraux, les fanfaronnades diplomatiques ; il y a des graffitis sur les missiles et un vacarme assourdissant sur deux cents quarante canaux ; il y a beaucoup de vautours, du pétrole en quantité, mais pas de réfugiés. La stratégie améri-caine en matière de conflits : on va tout faire péter, on va provoquer la fin du monde s'il le faut – et il le faudra bien : les fidèles s'impatientent –, mais on va sauvegarder les bonnes vieilles valeurs américaines jusqu'au bout.

C'est aujourd'hui le quinze janvier et les mimosas fleurissent. Personne ne leur a dit que c'était l'hiver. Le mistral souffle comme un diable sorti de sa boîte, mais le thermomètre indique 16°C et il fait un soleil radieux. Toute la journée, Alya, Richard, René et toi avez brûlé des ronces. Le jardin fume. C'est un marais de cendres au milieu duquel trône le laurier d'un vert profond qui n'a pas perdu une seule feuille depuis le début de l'hiver.

Malgré tout, quelque chose pompe vos énergies. Mais quoi ? La falaise de calcaire qui vous domine d'un air prétentieux ? Les alluvions de l'ancien lit du

Rhône, ce sol spongieux qui se souvient du fleuve et rappelle à lui l'eau sinueuse de vos corps ?

Franz Kafka n'est plus qu'un fantôme dans le brouillard de Tarquimpol. Stanislas de Guaïta délire à plein régime dans son temple satanique. Laurie est plus silencieuse qu'une amibe. Elle te manque malgré toi.

Vous coulez des jours paisibles malgré les vicissitudes du quotidien et les travaux qui n'avancent pas. Avec René, la jalousie s'est tassée d'elle-même et a fait place, avec le temps, à la paisible certitude d'être accepté. Elle a peu à peu cédé devant un autre sentiment, plus subtil, pour lequel il n'y a sans doute pas de mot : le bonheur qu'on éprouve de savoir qu'un être aimé est aimé d'une tierce personne. Savourer cette joie comme on le ferait d'une offrande. Ressentir dans tout son être que l'amour est inextinguible. Aimer l'amour de l'être encore plus que l'être aimé.

Cet improbable territoire de l'âme humaine, tu le découvres presque à ton insu. Tout se passe comme si l'on t'avait menti depuis l'enfance. Comme si cette vérité t'était destinée depuis la naissance, mais qu'on te l'avait cachée. La vérité vraie – tu ne vas quand même pas prétendre la dissimuler, maintenant que tu l'as sous les yeux –, c'est que ça ne te déplairait pas de tenir la petite main d'Alya dans la tienne pendant qu'elle jouit dans les bras d'un autre homme.

Il y a même un mot pour ça, tu viens de le trouver sur le Web : la *compersion.* Le terme aurait été forgé au début des années quatre-vingt-dix dans une commune de la Côte Ouest. En français, le mot est bancal et d'une rare inélégance, mais il exprime un concept révolutionnaire : la compersion serait l'exacte antithèse de la jalousie. Tu sais que ça existe.

Chère Laurie,

Je voulais me rendre à la calanque de Fuguerolles, près de La Ciotat, pour y chercher ta trace ; la trace imperceptible d'un passage lointain ou rêvé. Je n'y suis pas allé, bien sûr ; mais j'aimerais t'y donner rendez-vous un de ces jours. Je rêve d'une vie où nous aurions rendez-vous là-bas ou à Venise. À Machu Picchu, Buenos Aires ou Amsterdam. À Prague ou ailleurs. Je rêve d'une vie où notre rencontre aurait un sens, serait la source ou le prolongement d'un mythe. Bien sûr, je t'écris sans espoir de réponse, je t'écris en manière d'exorcisme. Retour à l'expéditeur dans un millier de petits sachets stérilisés. Je t'ai blessée, oui. Peut-être même ai-je blessé ton âme. Mais blesser ton âme aura au moins été une façon de la toucher. Je ne suis plus que l'ombre de cette blessure qui parcourt tristement la terre en mesurant l'abîme qui la sépare d'elle-même.

Tu te relis. Tu arraches la page du cahier. La boulette de papier va rejoindre les autres dans la corbeille. Pas étonnant que Laurie ne réponde pas à tes lettres.

Tu picoles un peu trop ces temps-ci. C'est normal. Les vins français sont excellents et pas chers du tout. Alya et René sont souvent ensemble. Il arrive de plus en plus souvent qu'elle passe la nuit chez lui à l'atelier. Tu as même fini, la compersion aidant, par apprécier ces moments de répit. Alya est heureuse et il n'est pas question de lui gâcher ça. Depuis ce fiasco avec Laurie, surtout depuis que tu manifestes cette ouverture face à la présence de René, Alya éprouve du remords. Et ce n'est pas désagréable de la voir se débattre avec ça. D'une certaine façon, tout redevient possible.

Richard s'étonne bien peu de cette nouvelle situation. Au début, il te lançait parfois ce regard interrogateur, l'air de demander : « C'est quoi, ce cirque ? » Tu haussais les épaules et tu regardais ailleurs. Discuter de ta vie amoureuse avec ton fils n'a jamais été une option. Tu le laisses tirer ses propres conclusions.

Le week-end dernier, René l'a passé à la maison avec vous. Au déjeuner, le dimanche matin, Richard n'a même pas sourcillé.

Tu as pris beaucoup de retard dans la rédaction de ton mémoire et tu as négligé tes recherches sur Kafka. Le bureau du recteur de l'université t'écrit pour te mettre en garde : tu perdras sous peu tes privilèges et ton statut d'étudiant si tu ne déposes pas ton mémoire avant l'été. On te signale également que le professeur Ménard, ton volubile directeur de thèse, a décidé de profiter des avantages d'une retraite anticipée, qu'il vient d'emménager en Tunisie et que tu vas donc devoir terminer ta thèse sans son appui. Tu lui souhaites bien du plaisir.

C'est la tante d'Alya qui a peint le cendrier kitsch avec le village de Tarquimpol, le clocher de l'église et l'arbre, sans oublier le cimetière et les nuages en forme de crottes. Tu ne l'as jamais rencontrée, la tante Mirella, et tu as beau le chercher partout, tu ne retrouves pas ce cendrier sur lequel est écrit *Tarquimpol*. Tu as remué en vain les décombres de ce chantier qui vous protège tant bien que mal du crachin hivernal et du mistral qui l'accompagne souvent : aucune trace du satané cendrier. Alya a été la première a te parler de Stanislas de Guaïta et du Château d'Alteville où, a-t-elle précisé, le célèbre sorcier s'adonnait à l'occultisme et à la morphine. Deux vices inséparables. De Guaïta serait mort prématurément des suites d'une urémie sévère conjuguée à un abus prolongé de morphine. Tu possèdes un exemplaire du *Tarot des imagiers du Moyen Âge*, d'Oswald Wirth, qui fut son secrétaire avant de devenir le continuateur de son œuvre. Tu as également des clichés de sa tombe, à l'entrée du petit cimetière qui entoure la vieille église de Tarquimpol. Où les as-tu fourrés ? Les voici : mort le dix-huit décembre 1897. Il avait trente-six ans.

Tu as pris des clichés semblables au cimetière du Père-Lachaise. Tu sais que Guillaume Apollinaire est mort à trente-cinq ans, foudroyé par la grippe espagnole, que Kafka a également contracté la grippe espagnole pendant l'épidémie de 1918 et que si elle ne l'a pas tué, elle a dramatiquement aggravé sa tuberculose. Tu sais que Proust est mort à cinquante et un ans et que Jim Morrison repose lui aussi au Père-Lachaise. Si tu n'as aucune photographie de la tombe de Morrison, tu en as plusieurs des hordes de pèlerins américains qui viennent s'y recueillir et qu'un garde de sécurité retient à tout moment de s'immoler par le feu.

Personne, cependant, ne vient se recueillir sur la tombe de Stanislas de Guaïta ; sauf certaines nuits de pleine lune, lorsque le spectre du Mage daigne rendre visite à ses disciples, comme le laissent croire de vieilles rumeurs auxquelles personne n'ajoute vraiment foi. Les habitants de Tarquimpol et des environs n'aiment pas parler de Stanis, comme ils le nomment pourtant si affectueusement. Des légendes toutes plus farfelues les unes que les autres se transmettent de génération en génération depuis plus de cent ans. L'une d'elles voudrait que Stanislas ait bien connu Baudelaire et sa clique de poètes, une autre qu'il se soit adonné à d'étranges débauches au Château d'Alteville, une autre encore voudrait qu'il soit mort d'un retour de bâton : un enchantement lancé à un ennemi juré lui serait revenu en pleine poire comme une espèce de boomerang maléfique et l'aurait tué.

En parcourant *Le temple de Satan*, tu tombes sur un passage irrésistible. Stanislas y affirme que : « L'onanisme est, chez plus d'un médium, la moindre conséquence de leur dégénérescence morale. Plusieurs se nourrissent *humano semine*. Cette habitude dégoûtante est passée chez eux à l'état de manie furieuse. C'est au point qu'ils vont de porte en porte offrir à domicile leurs honteux services. » Tu essaies d'imaginer ces médiums qui, vers la fin du XIXe siècle, faisaient du porte à porte pour tailler des pipes à leurs clients. Stanis exagère sûrement, mais l'image est pour le moins pittoresque. Tu t'égares à nouveau. Le Mage conserve tous ses secrets, ce qui est normal parce qu'un secret qu'on divulgue n'en est déjà plus un et que Tarquimpol demeure à jamais recouvert d'un épais brouillard, mais quel rapport peut-il bien y avoir entre Stanislas de Guaïta et Franz Kafka ? Tu l'ignores. Tu ne sais qu'une chose : selon Alya, Kafka aurait séjourné au Château d'Alteville pendant l'été 1911. Pour une raison que tu ne t'expliques pas très bien, cette assertion t'obsède. Tu es conscient du fait que même s'il est possible que Kafka soit vraiment passé par Tarquimpol à l'occasion d'un de ses voyages à Paris – où l'on suppose qu'il a couru les bordels avec Max Brod –, rien ne prouve qu'il y a séjourné.

Peut-être Kafka a-t-il mentionné Tarquimpol dans son journal ? Mais depuis des mois, tu le lis compulsivement, ce journal, comme un chien de chasse à la truffe énorme et humide. Tu le lis, tu le relis. Et tu sombres dans un brouillard de perplexité de plus en plus dense parce que Kafka, dans son journal ou sa correspondance, ne parle nulle part de Tarquimpol et pas davantage du Château d'Alteville ou de Stanislas de Guaïta...

Alya dit que la Lorraine toute entière est le pays des fées, des fantômes, des lutins et des spectres ; mais que le pays des étangs, plus que toute autre région, regorge d'histoires fabuleuses. Les soirs d'été, quand le chant nuptial des grenouilles remplit la nuit, les vieilles légendes que racontaient les anciens sont évoquées du bout des lèvres et reviennent hanter le sommeil des riverains de l'étang de Lindre. Le récit de l'engloutissement de l'Île de la Folie, par une sombre nuit d'automne, compte parmi les plus étonnantes de ces légendes.

À une époque lointaine, raconte Alya, l'Île de la Folie n'était pas ce modeste rocher dénudé qui émerge des eaux du Lindre, mais une île assez grande sur laquelle on parquait, pêle-mêle, les fous, les criminels et les lépreux. Tous ces intouchables se retrouvaient donc sans ressource, entièrement livrés

à eux-mêmes. Les plus démunis d'entre eux subissaient la tyrannie des plus forts et les cris d'agonie de
ces malheureux, tandis qu'ils subissaient la torture,
pouvaient parfois être entendus jusqu'à Tarquimpol.

La légende veut qu'une nuit d'octobre, nuit mau-
dite entre toutes, une bagarre sanglante a éclaté sur
l'Île de la Folie ; une lutte terrible, fratricide, à armes
inégales : des malheureux qui en accablaient d'autres, plus malheureux encore. La tempête faisait rage
cette nuit-là. Une tempête venue du nord avec ses
cortèges d'éclairs et ses vents chargés d'ombres. Au
milieu de la nuit, et malgré les pluies diluviennes qui
s'abattaient sur la région, les riverains purent voir le
village des réprouvés s'enflammer comme une torche et se consumer entièrement. Certains racontent
même que l'île entière parut, à un moment, se soulever avec fracas, puis disparaître dans les flots dans
un terrible grondement.

Depuis, l'Île de la Folie n'est plus que cet amas de
cailloux et de terre sombre que l'on distingue à
peine de la rive, où les oiseaux refusent de nicher et
sur lequel les habitants de Tarquimpol, qui sont pourtant, pour la plupart, des chasseurs et des pêcheurs
expérimentés, n'abordent jamais.

Tu penses que c'est le genre d'histoire qui aurait
pu plaire à Kafka. De tes recherches, tu as au moins
déduit qu'il éprouvait une réelle fascination pour les

sciences occultes. Plusieurs indices le laissent croire. Vers la fin de 1916, Kafka a pu, grâce à la complicité de sa sœur Ottla, s'installer dans une masure située rue des Alchimistes, dans l'enceinte même du Château de Prague. Un réduit d'à peine six mètres carrés. Un lieu particulièrement propice à la création. Il y aurait écrit *Un médecin de campagne* et entrepris *La Muraille de Chine*. La rue des Alchimistes fut construite en 1587 sur l'ordre de l'Empereur Rodolphe II qui, féru de sciences occultes, projetait d'y loger les alchimistes de la Cour. Ceux-ci devaient être des nains car les portes de ces minuscules demeures ont moins d'un mètre cinquante de hauteur et les fenêtres des chambrettes s'alignent à moins d'un mètre du pavé. Kafka y a vécu certaines des heures les plus intenses de sa courte existence, des moments de liberté créatrice qui ont à jamais modifié notre regard sur la littérature.

Tu n'irais pas jusqu'à dire que Kafka se prenait pour un alchimiste ou quelque chose comme ça. Soyons sérieux. Tu ne vas pas prétendre que cette hypothèse a le moindre fondement. C'était un alchimiste de la langue, sans aucun doute, un chaman de la parole, un sorcier à cheval sur un seau à charbon, une cage à la recherche d'un oiseau, mais pas un occultiste.

Malgré tout, tu ne peux pas ignorer qu'il a certainement lu sur le sujet. Peut-être même a-t-il entendu parler de Stanislas de Guaïta et de ses expériences occultes : voyance, invocation des esprits, magnétisme, hypnose. Tu butes sans cesse sur la dernière entrée du journal, celle du douze juin 1923, dans laquelle il se dit de plus en plus timoré dans ses notes : « Chaque mot retourné dans la main des esprits – ce tour de main est leur geste caractéristique – se transforme en lance dirigée contre celui qui parle. » Et il ajoute : « La seule manière de se consoler serait de se dire : cela arrivera que tu le veuilles ou non. Et ce que tu veux ne fournit qu'une aide imperceptible. Plus qu'une consolation serait : toi aussi, tu as des armes. » Des armes contre qui ? Les esprits ? La mort elle-même ? Quelle terrible prémonition le pourchasse ? Tu es tenté de croire que Kafka a fini par redouter le pouvoir surnaturel que la littérature paraissait exercer sur sa vie et sur le monde. Déjà, le cinq février 1922, il écrivait : « Je leur ai échappé. Par je ne sais quel bond habile. Sous la lampe, dans ma chambre silencieuse. Imprudence de le dire. Cela les fait sortir des bois, comme si on avait allumé une lampe pour leur montrer la piste. » Et le vingt-quatre mars, encore une fois : « Comme je suis guetté ! » Mais par qui ? Par quoi ? Franz Kafka craignait-il les fantômes ? Ou plutôt : quelle espèce de fantôme aurait pu faire peur à un tel être ? Ne craignait-il pas simplement ses propres spectres intérieurs ? Ceux de sa vie comme ceux de son œuvre ? Écrire, non pas pour exorciser ses démons, mais pour les tenir à l'écart ? Écrire précisément dans cette distance imposée aux esprits ? Écrire à la périphérie de soi et des autres. Demeurer cette énigme. Tu prétends que ces esprits tant redoutés étaient peut-être bien vivants et bien en chair. Tu te souviens qu'il avait pris l'habitude de faire s'étendre toutes nues ses trois jeunes sœurs sur le tapis du boudoir de la maison familiale et de leur prescrire divers exercices respiratoires. À notre époque de révisionnisme et de correction politique, une telle excentricité semble difficile à justifier. Elle le mènerait soit à un désaveu public, soit à des accusations formelles d'abus sexuel.

D'autres indices laissent entrevoir la fascination de Kafka pour la nudité. Comme son séjour de deux semaines, en 1912, dans un établissement de plein air où le nudisme est de règle. Une règle à laquelle Kafka se soustrait toutefois : on en vient rapidement à le surnommer «l'homme au caleçon de bain». Kafka voyeur ? Sans doute. Mais Kafka exhibitionniste ? Ce n'est pas sûr. Il y a bien cette toile, peut-être à jamais perdue, de l'écrivain juif posant en Saint Sébastien. Tu donnerais n'importe quoi pour voir ce Kafka percé de flèches. Il n'existe sans doute pas de représentation plus juste ni plus pertinente d'un Kafka en proie aux voluptés réservées aux martyrs.

À partir d'un certain point, il n'y a plus de retour. C'est ce point qu'il faut atteindre.

Franz KAFKA

C'est aujourd'hui le vingt-cinq février et personne ne voudra croire que les cerisiers sont en fleur. Il a neigé ce matin pour la première fois depuis le début de cet hiver ardéchois. Trois ou quatre douzaines de flocons sortis de nulle part qui sont tombés en plein soleil et ont virevolté un court moment avant de disparaître en touchant le sol ou le bout de ta langue.

Ces quelques flocons vous ont excités. Vous êtes tous sortis. Vous avez dansé, sauté, chanté, célébré, claironné. C'était déjà fini.

Tu as tenté, ces jours-ci, de retracer l'itinéraire possible de Kafka et Brod à l'occasion du voyage de 1911. Brod a sans doute rejoint Franz en Italie et il a certainement dû insister pour l'emmener à Paris faire la tournée des musées, des théâtres et des bordels. Tu crois qu'ils ont pu voyager par le chemin de fer de Lugano jusqu'à Bâle, puis à travers la Forêt Noire jusqu'à Strasbourg.

C'est à Strasbourg que dut leur parvenir la rumeur qu'une épidémie de choléra faisait rage.

« Existe-t-il un moyen de contourner l'épidémie ? » demande le docteur Franz Kafka à la tenancière de l'auberge qui frotte son énorme ventre sur la table souillée de soupe à la bière tandis que le petit homme sec et d'une exquise propreté, coiffé d'un chapeau dur et souriant de la manière la plus énigmatique qui soit, pose sur elle ce regard à la fois interrogateur et patient que ses amis lui connaissent. Franz a vingt-huit ans et la femme est deux fois plus âgée que lui.

— Vous pourriez demeurer ici quelques jours, vous et votre ami.

— Quelques jours ?

— Le temps qu'il faudra.

— Et qui peut nous dire combien de temps il faudra ?

— Personne.

— Et où est-ce exactement, ici ?

— Tarquimpol, monsieur. Vous êtes au Château d'Alteville, mes beaux messieurs ! Vous l'ignoriez donc ?

Déjà la fin avril, les rénovations sont presque terminées. Ces dernières semaines, vous avez étendu près de cent litres de peinture sur les murs de cette baraque. Avec ses volets bleus et ses murs blancs, la maison a un petit air grec. Toutes les espèces d'arbres fruitiers ont fleuri les unes après les autres : cerisiers, pruniers, abricotiers et pommiers. Maintenant, c'est la somptueuse glycine, sous la véranda, qui ploie sous ses belles grappes de fleurs violettes et les forsythias jaunes qui s'offrent au soleil. Les champs foisonnent de narcisses sauvages et de tulipes. Il y a même, au fond du jardin, un paulownia gigantesque – un arbre exotique originaire du Japon, c'est ce que dit Alya, et aussi que sa mère l'a elle-même mis en terre il y a presque trente ans. Le paulownia est un arbre à percussions : il conserve ses girandoles de cosses brunes tout au long de l'hiver ;

ses grappes de castagnettes s'entrechoquent quand souffle le mistral, produisant une musique insolite et obsédante. Alya dit qu'il produira sous peu de magnifiques fleurs mauves campanulées ; mais il tarde, le bougre de paulownia, comme s'il prétendait conserver ses girandoles, faire claquer ses castagnettes en dépit de tout et danser sa sarabande jusqu'à vous rendre tous fous.

Ces derniers mois, malgré tes recherches, tu n'as trouvé aucune mention de Tarquimpol dans le journal de Kafka. Ce serait trop facile, pas assez kafkaïen.

Pendant cette période, une série de hasards en cascade, en eux-mêmes insignifiants, te firent néanmoins comprendre que tu n'effectuais pas ces recherches en vain. D'autres éléments du puzzle se mettaient en place. Il y eut, tout d'abord, ce court texte de Kafka intitulé : *Un contretemps banal.*

Alya croyait en avoir une copie quelque part. Elle disait avoir travaillé à une adaptation cinématographique de ce texte à l'Université de Grenoble au milieu des années quatre-vingt. Alya conserve absolument tout, du moment que c'est du papier. Elle a toujours ses dictées de première année. Elle a tous ses bulletins, ses carnets de correspondance, ses cahiers de notes. Vous avez donc consacré toute une nuit aux recherches, vous avez respiré des tonnes de poussière, vous vous êtes acharnés à remuer toutes ces vieilles odeurs de papier, d'encre et d'acide ;

vous avez ouvert des caisses et des caisses de documents tablettés depuis des années, mais vous n'avez rien trouvé qui ressemblerait de près ou de loin à une nouvelle de Kafka intitulée *Un contretemps banal.*

Bien plus tard, tu as retrouvé cette nouvelle dans un recueil de textes rassemblés par Brod et publiés sous le titre : *Préparatifs de noce à la campagne.*

Cette nouvelle d'à peine une page raconte un incident anodin. Un certain A. doit régler une affaire importante avec B., de la ville de H. Il s'y rend pour en discuter, y va et revient en dix minutes chaque fois. Il y retourne le lendemain pour conclure l'affaire, mais bien que les circonstances soient les mêmes, il met dix heures pour effectuer le trajet. Quand il arrive enfin à H., on lui dit que B., furieux de son retard, est allé une demi-heure auparavant le trouver dans son village et que normalement ils auraient dû se rencontrer en route. Très inquiet, A. repart aussitôt et se hâte de rentrer. Cette fois, sans vraiment s'en rendre compte, il fait le trajet en un clin d'œil. Une fois chez lui, il apprend que B. est venu très tôt et qu'il l'aurait même croisé dans l'escalier. B. était resté à l'attendre et avait même demandé plusieurs fois si A. était de retour. Il se trouvait toujours en haut dans le bureau de A. Heureux de pouvoir encore parler à B., A. monte l'escalier en courant. Il est déjà presque en haut lorsqu'il trébuche et se fait une entorse. Gémissant dans le noir, il entend B., qui en a plus qu'assez de l'attendre, descendre l'escalier et claquer la porte.

Ces jours-ci, à Valence, un certain Dave Patterson donne une série de conférences sur les expériences de distorsion du continuum spatiotemporel. Tu te demandes sincèrement comment on peut s'appeler Dave Patterson et offrir des conférences dans le Sud de la France sur le thème des expériences de distorsion du continuum spatiotemporel, mais tu crois qu'il s'agit peut-être précisément d'une expérience de ce type. Ça expliquerait tout.

Tu as donc entraîné Alya et René à la conférence de Patterson. Le bonhomme ressemble à Pu-Tai, le bouddha rieur, chauve et ventripotent ; mais s'il en présente les caractéristiques physiques, il semble dépourvu de cet humour caustique qu'on attribue au célèbre bonze chinois. Il a commencé, sans doute pour le bénéfice des petites madames et des gros messieurs venus l'entendre dans la salle surchauffée du centre communautaire de Valence, par un exposé sur la fascination que l'avenir exerce sur chacun d'entre nous.

« Nous percevons le temps de façon linéaire. On parle même, pour exprimer cette sensation, de l'écoulement du temps. Le temps se présente à nous comme le ferait un paysage pour les voyageurs d'un train lancé sur ses rails. Il défile sous nos yeux. Il fuit. C'est-à-dire que le passé nous est connu et semble impossible à modifier, que le présent est fuyant, changeant perpétuellement d'aspect, et que l'avenir serait indiscernable, informulé, mais susceptible d'être déterminé par nos actes présents ou futurs. La physique quantique et la relativité ont toutefois démontré qu'il s'agit d'une perception aberrante : le temps ne s'écoule pas. »

Tu dois admettre que Dave sait captiver son auditoire. Ce gros lard vous dévisageait les uns après les autres avec un sourire narquois qui fendait par le milieu sa grosse tête en forme de citrouille. Alya buvait ses paroles, tandis que René, gardant un œil sur la sortie, se demandait ce qu'il était venu foutre au milieu de cette bande de bourgeois illuminés.

« Le temps ne s'écoule pas ! Tout se passe plutôt comme si nous le parcourions ; comme si, précisément, notre conscience filait sur des rails. Nous savons que la perception de ce passager – appelons-le l'Observateur – est erronée. L'Observateur devrait être en mesure de parcourir le temps dans un sens ou dans l'autre, à une vitesse plus ou moins grande, et il semble même qu'il lui soit possible de le faire. L'histoire humaine regorge de récits d'expériences prophétiques ou de voyance. Tout le monde a expérimenté un *déjà vu* au moins une fois dans sa vie.

« Le temps est-il linéaire ? Nous savons qu'il ne l'est pas. Est-il granulaire ? Est-ce un vortex ? Comment s'est-il déployé dans l'univers ? Est-ce que tout est accompli ? Nous n'en savons rien. Cependant, il existe des éléments de réponse et la théorie des cordes en suggère quelques-uns. La théorie des cordes – il faudrait dire les théories puisqu'il y en a effectivement de nombreuses – réconcilie la relativité d'Einstein et la physique quantique. De nombreux physiciens estiment qu'elle constitue le meilleur espoir de pouvoir développer un jour une théorie unifiée qui permettrait de comprendre tout ce que nous savons de l'univers : de la danse des particules aux grands ballets galactiques. »

Dave Patterson vous explique tout ça comme s'il n'y avait rien de plus naturel, comme si l'infiniment grand et l'infiniment petit n'avaient plus de secret pour lui, comme s'il n'avait jamais rien fait d'autre, toute sa vie, que raconter l'origine du monde et les mystères du temps. Quel enfoiré !

« La théorie des cordes considère les plus petites particules connues comme des cordes – ou des boucles – plutôt que comme de simples points. Ces boucles oscillent, c'est-à-dire qu'elles décrivent un mouvement rapide dans un espace microscopique. Ces oscillations sont si rapprochées qu'on a mis longtemps à se rendre compte qu'elles oscillent en fait, disons-le grossièrement, entre l'existence et l'inexistence, ou de manière plus logique, entre notre dimension et une autre. La théorie des cordes stipule, en effet, que l'univers serait constitué de onze ou vingt-six dimensions. »

— Mais pourquoi onze ou vingt-six ? demande Alya qui, assise sur le bout de sa chaise, n'a pas raté un mot de l'explication alambiquée de Patterson. C'est absurde. Pourquoi pas douze ou cent quarante-quatre ? Et si ces autres dimensions existent, pourquoi n'en percevons nous que quatre : trois d'espace et une de temps ?

C'est là qu'il a commencé à s'embourber un peu, le gros bouddha. Il a bafouillé : « Euh... oui ! Très bonne question. Question très intéressante. En fait, on suppose que les autres dimensions sont recourbées sur elles-mêmes dans un espace extrêmement restreint. On imagine que, dans un univers primitif, toutes les dimensions étaient sous cette forme et que certaines se sont ouvertes. »

— Il y aurait bel et bien d'autres dimensions temporelles ?

« Et spatiales. »

— Recourbées sur elles-mêmes ?

« En quelque sorte. »

— Et qui se seraient ouvertes ?

« Oui. »

Au retour, dans la camionnette de René, tandis que vous rouliez vers l'atelier, Alya s'est enflammée. Elle a raconté qu'elle s'était tout à coup souvenue, pendant la conférence du bouddha Patterson, d'un événement particulièrement troublant.

Ça s'est passé à Tarquimpol.

Tiens donc !

Elle ne devait pas avoir plus de quatorze ou quinze ans à l'époque. Elle flânait sur les berges du Lindre depuis plus d'une heure lorsqu'elle a croisé un vieil homme et un grand chien noir. L'homme cheminait très lentement en s'appuyant sur une canne, et le grand chien noir batifolait autour de lui comme une gigantesque mouche, la langue pendante. Cette rencontre aurait été tout à fait anodine et n'aurait revêtu aucune signification particulière à ses yeux si elle n'avait de nouveau croisé ce singulier duo quelques minutes plus tard. Ils cheminaient sur la berge dans le même sens que la première fois et le vieux monsieur la saluait en touchant le bord de son chapeau, exactement comme il l'avait fait la fois précédente.

Alya était formelle : ni le chien ni le vieil homme n'avait pu – ensemble, c'était encore plus improbable – dans un laps de temps aussi court, faire à pied le tour d'un étang d'une superficie de sept cents hectares. Ce n'était tout simplement pas possible.

Alors quoi ? Que s'était-il passé ? Alya avait-elle traversé le miroir ? Avait-elle été propulsée, à l'instar des personnages de la nouvelle de Kafka, *Un contretemps banal*, à travers un interstice temporel ? Avait-elle, comme Kafka, vécu une expérience de distorsion du continuum spatiotemporel ? Tu ne sais pas. Mais à la lumière des savantes élucubrations du Dalaï Patterson, tu es enclin à croire que oui. Tu es même tenté d'interpréter cette synchronicité comme un signe du destin. Et si Tarquimpol était un lieu de pouvoir ? Un lieu magique, ensorcelé depuis l'aube des temps ? Si c'était un lieu de passage, une sorte de fissure entre les mondes ? Peut-être bien.

Plus rien ne t'étonne, toi, si ce n'est la floraison précoce des pruniers, pêchers et abricotiers qui entourent la maison et la paix relative dans laquelle tu vis depuis que Richard s'est fait des copains au village et qu'il découche un soir sur deux.

Tu penses toujours à Laurie. Tu ne la vois pas seulement dans ta soupe, elle se profile aussi dans les nuages qui filent au-dessus de la falaise de Soyons, dans le feuillage majestueux du laurier et partout où tu es susceptible de poser ton regard. Tu espères que Dave Patterson dit la vérité et que, dans l'une ou l'autre des vingt-six dimensions qui s'enroulent les unes sur les autres, Laurie t'aime.

Tu commets toutes tes erreurs dans l'instant. Tu ne peux pas dire qu'elles te font moins de tort pour autant, mais il te semble qu'elles portent bien moins à conséquence que toutes celles que tu pourrais préméditer.

À défaut d'être un autre, tu restes nu.

Et puisque l'imaginaire est la seule réalité, tu rêves d'un ciel récalcitrant d'où nous tomberions dans un inépuisable vertige.

C'est le premier mai.

La scène se déroule dans un train. Un wagon presque vide. Presque. La jeune femme lit. Elle ne lève pas les yeux de son livre lorsque tu viens t'asseoir près d'elle. La vibration du train filant sur ses rails est presque imperceptible. Un bouquet de muguet est posé sur ses cuisses. La fragrance du muguet se mêle aux odeurs âcres et entêtantes du train. Le résultat est quasi nauséeux. Elle est jeune. Sans doute beaucoup trop jeune pour toi, penses-tu. Jolie n'est pas le mot. Elle lit. Le livre la tient bien. Sans lui, rien ne serait possible. Le livre établit la distance nécessaire. Pour l'instant, cette distance est obligatoire. C'est *L'impossible*, qu'elle lit.

— Vous lisez Georges Bataille ?

Taré ! Ce n'est pas une question. Tu te dégoûtes, oui. Mais tu n'es pas vaincu.

— Et qu'en retirez-vous ?

— Rien.

Oui ! C'est ça ! Inespéré ! Parfait ! C'est la bonne réponse ! Celle à laquelle. Rien. Un moment plus tard, la jeune femme :

— Pardonnez-moi.

— Oui ?

— Vous avez du feu ?

— Pardon ?

— Je vous demande si vous avez du feu.

— Je n'en ai pas.

— Vous n'en avez pas.

— Je suis désolé.

Doublement taré.

Une autre jeune fille en fleurs traverse l'allée centrale du wagon.

— Du muguet, monsieur ? Du muguet ?

— Non merci.

Quelques minutes plus tard, le train entre en gare, tu te lèves et tu descends sans te retourner.

La terre entière à tout jamais sans nous.

Sur le chemin du retour, tu achèteras du muguet.

*Pas une goutte ne déborde et il n'y a pas de
place pour une goutte de plus.*

Franz KAFKA

Il y a si longtemps que tu n'as rien écrit dans ce
cahier que tu ne sais plus de quoi diable il peut bien
y être question. Tu t'étais juré de ne jamais te relire
et de n'y consigner que la vérité. Tu n'as même pas
le mérite d'avoir eu cette idée : c'est une optomé-
triste à qui tu livrais un résumé de ta pitoyable
biographie entre deux gorgées d'un excellent rosé de
Provence et une bouchée de saumon fumé sur le
bord d'une piscine à Orange, qui s'est finalement
exclamée, dans l'intention évidente de te faire taire :
« Mon Dieu, mais quand on a une vie comme la
vôtre, ce n'est vraiment pas la peine d'écrire des
romans ! » À qui le dis-tu, bella !

Mieux vaudrait suivre cette fameuse formation de
soudeur industriel ou ce cours de marketing qui te
fait envie depuis si longtemps. Tu te dis que l'opto-
métriste a sans doute vu très clairement ce que toi,

le roi des borgnes, tu t'obstines à nier depuis si longtemps ; à savoir que tes romans, aussi tordus qu'ils puissent être, ne le seront jamais davantage que ta saleté d'autobiographie.

Écrire la vérité, voilà ce qu'il faudrait pouvoir faire. Y aller franchement, sans écran de fumée ni paravents fictionnels. Taper dans le tas, même si la vérité sera toujours forcément moins vraisemblable que la fiction. C'est cette rugosité, cette porosité qui la caractérise. Ce manque de fini. Tandis que la fiction présente des surfaces lisses, des clivages parfaits, des mécaniques rigoureuses.

La preuve ? Tu as déjà écrit un roman dans lequel tu mettais en scène un jeune homme lancé sur les traces de son bisaïeul. L'ancêtre en question, rebaptisé pour la circonstance, s'est réellement volatilisé en 1918 après avoir trempé dans la contrebande d'alcool et sa tombe a bel et bien été retrouvée à des milliers de kilomètres de Saint-Denis-sur-Richelieu, au Québec, où il était censé avoir été inhumé. Cependant, la mystérieuse sépulture de ton bisaïeul n'était pas en Turquie, comme tu le laisses croire dans ton roman, mais au Japon.

C'est au prince Yochi Kata, un Japonais richissime que l'un de tes oncles a rencontré à l'occasion d'un voyage d'affaires il y a plusieurs années, que ta famille est redevable de cette découverte. Dans une lettre adressée à ton oncle, le prince Yochi Kata avait signalé l'existence d'une sépulture d'un cimetière bouddhiste de Tokyo portant le nom de votre ancêtre décédé en 1936, c'est-à-dire dix-huit ans après la mise en scène de sa propre mort à Key West pendant l'épidémie de grippe espagnole.

C'est vraiment d'une simplicité exemplaire : le héros de ton roman aurait dû se rendre au Japon. Pas en Turquie. Mais c'est tout de même à Istanbul que tu es allé faire tes recherches pour l'écriture de ce roman. Tu n'iras peut-être jamais à Tokyo voir de tes propres yeux l'endroit où repose ton excentrique ancêtre, mais quelle importance ? Il te suffit de savoir qu'il s'est payé le luxe de mourir deux fois pour imaginer qu'il a pu refaire le coup une troisième ou même une quatrième fois !

Chaque jour, tu penses à la mort. Tu sais très bien qu'on peut vivre cent six ans ou davantage et se cabrer encore une fraction de seconde avant la fermeture. « Quoi ? Déjà fini ? »

La mort n'est pas une amie.

Il y a au moins du nouveau : Laurie t'écrit enfin, après des mois de silence ; et elle n'a pas fini de te surprendre, ta belle panthère.

Cher ami,

Ce qui m'arrive est à la fois si soudain et si impré-
visible que tu ne vas pas le croire. D'une certaine
façon, j'ai l'impression que c'est l'écriture de mon
roman qui a tout provoqué. Je ne sais pas. J'en viens
peut-être à percevoir la littérature comme une forme
de divination, l'écriture elle-même comme une sorte
d'oracle. En fait, je suis terrifiée de constater que tout
ce que j'écris se réalise d'une manière ou d'une autre.

Tout ceci doit te paraître assez confus et je m'en
excuse, mais il m'arrive quelque chose de totalement
inouï : je suis amoureuse.

Ne ris pas.

Tu es sans doute la dernière personne au monde
à qui je devrais me confier dans un moment pareil.

Tu vas te moquer de moi et de cette pudeur que tu me prêtes à tort – à tort, oui, car tu me connais si peu quoi que tu en dises.

Je suis amoureuse d'une jeune femme. Tu vois bien.

Comment parler de l'amour ? Je lui découvre aujourd'hui un visage que je ne lui avais jamais imaginé. Il me conduit sur un chemin que je n'avais jamais pensé devoir fréquenter, vers des extases que je n'aurais jamais cru possibles.

Laisse-moi d'abord te raconter comment je l'ai rencontrée.

L'écriture de mon roman était au point mort depuis des semaines. Tu me connais : j'ai besoin de dépaysement pour écrire. J'ai donc loué un petit studio à Paris, sous les combles d'un immeuble de la rue Alibert, à proximité du Canal Saint-Martin. Je m'y suis installée dans l'espoir de surmonter ce blocage et, peut-être, d'en arriver à boucler ce roman entrepris il y a six ans.

Six ans !

Ne me demande pas pourquoi, je jonglais depuis des semaines avec l'idée d'un nouveau personnage. J'avais imaginé que l'introduction de ce nouvel élément changerait la dynamique de mon récit et le conduirait à une résolution inattendue qui me satisferait. Je te prie instamment de me croire quand je dis que je n'avais pas la moindre idée de ce que je faisais ; mais pour une raison que je ne m'explique

toujours pas, il me semblait que ce nouveau personnage devait être une jeune Chinoise.

La jeune femme que j'ai rencontrée il y a trois
semaines se nomme Li Wei. C'est une Chinoise de
Hong Kong qui a choisi la France pour compléter sa
thèse en histoire de l'art.

Li Wei n'était pas le personnage que j'avais imaginé, ou plutôt : c'était un personnage inimaginable.

Il y a trois semaines aujourd'hui jour pour jour,
j'emménageais dans ce studio de la rue Alibert. Le
lieu est modeste, mais agréable. Ma voisine de palier
est pianiste de concert et c'est Schubert, je crois, qui
rythme mon quotidien depuis mon arrivée ici.

Alors essaie d'imaginer : ça ne fait pas plus de
trois heures que j'ai posé ma valise et je suis là,
comme une conne, à essayer d'imaginer à quoi pourrait ressembler la rencontre du personnage principal
de mon roman avec cette mystérieuse Chinoise dont
je ne sais toujours rien. Tout cela ressemble de plus
en plus à une fausse piste. Je piétine. Je m'impa-
tiente. À la fin, exaspérée de ma propre ineptie, je
note dans le haut d'une page : « Rien ne va plus », et
je sors prendre l'air.

Le bistro où je prends refuge est désert à mon arrivée. Je m'installe au bout du zinc, dos au mur et face
à la porte, comme j'ai l'habitude de le faire. Tu sais
qu'aucune autre situation ne saurait me convenir : j'ai
horreur qu'on s'assoie ou qu'on parle dans mon dos
et je garde toujours un œil sur la sortie.

Je suis là depuis peu. J'ai déjà commandé une chaudrée de moules marinières, une pinte de bière, et noté deux ou trois phrases insipides dans mon carnet.

Je relève la tête. Elle est là. Elle me sourit. Je lui rends son sourire.

Jamais je ne l'ai vue entrer ni s'asseoir ; mais cette apparition n'en est pas une. Je l'observe à la dérobée : ses longs cheveux noirs sont bien réels, ses yeux noisette, ses gestes félins ; même la persistance de ce sourire engageant est bien réelle. Je note mon étonnement dans le carnet posé devant moi : « Elle est Chinoise ! »

Je sais, ça tombe à plat. Mais tout ce que je pourrais écrire à ce moment-là tomberait à plat. À plat ventre.

Et c'est bien ce qui s'est passé. Mais attends. Ne saute pas trop vite aux conclusions. Nous avons échangé quelques banalités. C'était sans conséquence. Elle est venue s'asseoir près de moi quand nous avons été servies et nous avons dîné ensemble. Nous avons parlé de la Chine et du poids des traditions ancestrales ; des femmes occidentales et de l'apparente facilité avec laquelle la plupart d'entre elles s'affirment et maîtrisent leur destin. Elle a tenu à me dire qu'elle admirait ces femmes et qu'elle avait justement quitté Hong Kong pour pouvoir jouir d'une plus grande liberté. J'ai bien tenté de nuancer tout cela, de faire valoir que les femmes occidentales subissent également des pressions sociales et ne sont pas à l'abri des inégalités ; mais l'enthousiasme de Li Wei semblait inentamable. Je la trouvais émouvante et belle avec son air farouche et ses longs cheveux noirs qui tombaient en cascade sur ses épaules et jusqu'au bas de son dos. Au moindre rire, au plus léger sursaut, toute cette masse sombre s'animait d'une vie nouvelle et ajoutait au rayonnement de ce visage solaire.

Nous avons encore bu quelques verres. Qu'aurions-nous pu faire d'autre ? Quelque chose émanait d'elle : une aura de bonté, ou comment dire ? de grâce... Cette lumière apaisante ressemble à celle que prodiguent les bodhisattvas ; ces êtres légendaires qui ont fait le vœu d'écouter la plainte des vivants et de les aider à se libérer de la souffrance : en les voyant, on se dit que s'il existe une possibilité d'être sauvé, c'est par de tels êtres.

Ne me demande pas comment cela a pu se produire. On ne peut sans doute jamais deviner, même dans les moments qui les précèdent, ces signes qui apparaissent dans nos vies tels des météores et qui, en un instant, changent radicalement jusqu'à la manière dont nous percevons qui nous sommes.

Au moment de nous dire au revoir, elle a hésité. Elle n'a pu retenir cette drôle de moue, l'air de dire : « Bon ! Je n'ai rien à perdre ! » Elle m'a demandée : « Es-tu brave ? » et ne m'a pas vraiment laissé le temps de répondre. C'était une fraction de seconde avant de m'embrasser sur les lèvres avec fougue.

Que dire d'autre ? On ne se quitte plus.

Tu avais peut-être raison depuis le début.

L'impossible entre dans nos vies sans frapper.

Tu es certain qu'on ne peut aller plus loin dans l'impossibilité de toucher l'être aimé. Mais tu as bon cœur, quoi que tu en dises. Tu n'es pas tout à fait le salaud que tu imagines parfois. Tu as la mort dans l'âme, mais tu ne demandes pas mieux que de rencontrer Li Wei, la nouvelle flamme de Laurie. Elle ne saurait te déplaire, puisqu'elle plaît à Laurie.

Tu ne sais plus du tout à quel moment tu es devenu tout amour. Ce mot qui te gênait pourtant, t'horripilait. Ce mot usé à la corde, susurré à l'oreille de millions d'innocents joufflus et dégoulinants de bonheur. Ça te tombait dessus sans prévenir.

L'amour aura raison de tout, y compris de tes doutes et de tes hésitations.

Tu souris à la pensée que le studio loué par Laurie pendant son séjour à Paris est sans doute celui qui vous a accueillis l'an dernier, Alya et toi : rue Alibert, à deux pas du Canal Saint-Martin. Tu crois à l'infini dans l'instant. Tu sais que vous êtes, en réalité, toujours présents dans cette chambre et que le piano endiablé de Juliette vous porte à jamais d'un orgasme à l'autre, comme il porte aujourd'hui Laurie et son amante chinoise.

Tu repenses aussi à la jeune Chinoise à laquelle tu as rêvé l'autre nuit : « Lâchée lousse, elle est extraordinaire ! » Dans ce rêve, la pièce pour laquelle tu auditionnais s'intitulait : *The Unwired*.

Ces synchronicités ne te surprennent plus. Elles abondent dans ta vie. Tu n'en viens pas tant à ne plus t'étonner de grand-chose, comme tu l'as d'abord cru, mais au contraire à te surprendre de tout. Tu vois partout des signes. Que Laurie soit amoureuse te réjouit ; qu'elle le soit d'une jeune Chinoise au visage solaire, comme elle le précise dans sa lettre, te réjouit bien davantage que tu ne saurais le dire. Plus encore, cet aveu de l'impossible. Qui entre dans nos vies sans frapper. Te va droit au cœur.

Dans un moment pareil, tu penses à Kafka, l'amoureux transi, l'amoureux compulsif qui s'est fiancé trois fois et a rompu chaque fois dans des circonstances lamentables. Ses échecs amoureux, divers et innombrables, commencent avec la petite vendeuse d'une boutique de confection qu'il parvient à séduire du haut de la fenêtre de sa chambre : au moyen de signes et de mimiques auxquels la jeune fille effrontée répond, Franz obtient un rendez-vous le soir même. Mais c'est dans les bras d'un autre homme qu'il la trouve à l'heure convenue. Le couple se rend dans une brasserie et Franz, que la fille encourage discrètement à suivre, s'attarde à une table voisine. Ce n'est qu'après que l'intrus l'ait reconduite chez elle que Franz, qui a attendu sur le trottoir qu'elle redescende, peut l'emmener à l'hôtel où leurs ébats lui sembleront n'être qu'une petite saleté.

De l'amour dénué d'amour ? Un échangisme primitif ?

Kafka n'a jamais vécu un amour à la hauteur de ses rêves, sauf dans les derniers mois de sa vie, avec la jeune et resplendissante Dora Diamant ; et bien qu'il n'ait cessé de tendre vers un idéal amoureux sans doute incompatible avec les mœurs de son époque, tu souris à l'idée qu'il a sans doute été poly-amoureux avant l'heure : « Si je pouvais convaincre deux ou trois femmes de travailler ensemble avec moi, j'aurais forcément gain de cause »..

Les convaincre ? Tu ne sais pas. Ça ne sera peut-être même pas nécessaire. Alors tu écris à Laurie. Tu lui écris et, cette fois, c'est pour l'inviter à Soyons avec Li Wei.

Tu sais qu'elles viendront.

Tu as installé ta table de travail en plein soleil, au milieu du jardin. Pour écrire, tu dois porter des lunettes fumées parce que les feuilles immaculées de cet immense cahier t'éblouissent.

Tu n'es pas seul dans ce jardin. Ça fourmille de bestioles : des milliers de punaises, mantes religieuses, sauterelles, guêpes et moucherons peuplent ce microcosme et t'en chassent finalement.

L'année a filé comme le mistral, mais tu n'es toujours pas allé à Tarquimpol. Un train passe et tu ne te donnes même pas la peine de caracoler derrière Alya pour lui voler un baiser.

Hier soir, tu as tout de même réussi à joindre Mirella, la tante d'Alya, celle qui est mariée au garde forestier. Au téléphone, elle a une voix très agréable. Elle n'a pas semblé surprise d'avoir de tes nouvelles et s'est dite prête à t'accueillir quand tu le souhaiterais. Pendant toute la durée de tes recherches, tu profiteras d'une chambre à l'étage de leur maison. Elle te servira même de guide. Tu en as profité pour préciser que tes recherches portent sur les liens qui pourraient exister entre les vestiges gallo-romains de Tarquimpol, Stanislas de Guaïta, le célèbre occultiste mort à la fin du XIXe siècle, et Franz Kafka, l'écrivain juif germanophone de Prague.

Elle a rit de bon cœur avant de laisser échapper : « Tout ce que vous voudrez ! Vous alors ! Ma nièce m'avait bien prévenue que vous étiez un sacré numéro ! Mais là ! Pfff ! »

Tu pars demain pour Tarquimpol.

Sarrebourg. Le train avait du retard. Mirella devrait
être là. À moins qu'elle ne se soit lassée d'attendre.
Tu te demandes si tu ne t'es pas trompé de gare.
Peut-être étais-tu censé continuer jusqu'à Strasbourg ? C'est manifestement le cas de cette caravane
de Japonais descendus trop tôt et derrière lesquels le
chef de gare verrouille maintenant les portes. Ils de-
vront passer la nuit dans ce trou perdu et reprendre
le train demain matin ; jusqu'à Strasbourg, cette fois.
Sauf qu'ils auront probablement raté leur vol vers
Londres, Francfort, Rome ou Berlin.

Il est à peine dix-huit heures, la gare de Sarrebourg vient de fermer et Mirella n'arrive pas. Tu as
un peu froid. Tu ouvres ton sac de voyage et tu en
tires un pull de laine en bénissant Alya d'avoir insisté
pour que tu l'emportes. « Les nuits sont fraîches en
Lorraine, même au mois d'août. »

Tu as bien pensé ne jamais y parvenir, mais ça y
est : Tarquimpol n'est plus qu'à une vingtaine de
kilomètres. Si Mirella ne se pointe pas bientôt, tu te
mettras à la recherche d'un taxi. Tu as le temps. Tu
consultes la carte. Pas d'erreur, c'est la bonne gare.

Mais est-ce le bon jour ? La bonne année ? Le bon
siècle ?

— Désolée, j'ai fait aussi vite que j'ai pu ! a lancé Mirella en débarquant hier.

— La gare est fermée depuis deux bonnes heures.

— Je sais. Je suis désolée, j'ai fait aussi vite que possible.

Ça commençait très bien.

Tu es monté dans la petite Fiat qui, dans la nuit noire, s'est engagée sur un chemin brumeux. Dix minutes plus tard, vous étiez devant la maison de fonction du garde forestier. Tu t'es souvenu de la fameuse nouvelle de Kafka – *Un contretemps banal* – et tu l'as racontée à Mirella. Ça l'a fait rire. Elle t'a présenté son mari : Benoît ; ses enfants : Marie-Ève et Louis ; ses chats : Napoléon et Octavia.

Benoît, qui cultive un excellent ganja dans son jardin, t'en a fait fumer assez pour assommer un troupeau de mammouths et tu es monté te coucher. La chambre du petit Louis est pleine de croquis étranges : des cités englouties, des monstres extraterrestres.

Tu as fait cet improbable rêve. Tout le monde est là, te semble-t-il, Alya, René, Laurie, même Li Wei, que tu n'as jamais rencontrée, mais qui est telle que dans ton autre rêve : minuscule sous une abondante chevelure noire.

« Lâchée lousse, elle est extraordinaire ! »

Vous pénétrez tous les cinq dans un immense hall d'hôtel. L'endroit est dans un état de délabrement indescriptible et le grand escalier, au centre de la pièce, est sur le point de s'effondrer.

Vous appelez : « Il y a quelqu'un ? Ohé ! Il y a quelqu'un ici ? »

Un nain difforme et bedonnant apparaît alors derrière la balustrade de la mezzanine et, de là-haut, vous contemple, impassible.

— Qui es-tu ? demande Li Wei au bossu.

— Dieu, fait le nain sans plus d'explication.

— Dieu ?

Mais le voilà sur vous en un éclair. À tour de rôle, il vous examine de la tête aux pieds, puis n'émet en fin de compte qu'un faible : « Rien ».

— Comment ça, rien ? Pour qui il se prend, ce mec ? lâche René.

Laurie sent le besoin de vous expliquer : « Il ne trouve rien en nous, que du vide ».

Tout semble dit, alors. Mais tu n'acceptes pas ce verdict et tu marches tout droit vers le nain, désormais effrayé et qui recule. Tu l'attrapes par le collet avant qu'il ne puisse s'enfuir. Tu ne savais pas que Dieu transpirait autant.

— S'il n'y a rien en moi, que du vide, lui craches-tu à la face, peux-tu me dire de quoi tu as peur, maintenant ?

Tu t'es réveillé au milieu de la nuit et tu as marché jusqu'à la fenêtre. Tu ne distinguais rien à travers l'épais brouillard, et loin, bien loin là-bas, l'Île de la Folie aurait pu sombrer une nouvelle fois dans un assourdissant brasier d'hommes et de femmes, d'enfants et de vieillards : tu n'aurais rien entendu.

À ton réveil, ce matin, la forêt résonnait d'un somptueux vent d'ouest. La terre sue de riches potions, des odeurs mouillées de pourriture magique.

L'ensorcellement a commencé.

La maison est déserte. À la cuisine, tu trouves du café sur le réchaud et un mot de Mirella. Elle ne sera de retour qu'en fin de matinée. Tu verses du café dans un bol et tu sors. Napoléon et Octavia te précèdent dans le jardin où trois poules picorent dans la vase. « Ce sont nos poules », déclare Octavia.

— Des animaux stupides, renchérit Napoléon.

Les chats te suivent jusqu'au bout de l'allée bordée de saules. Il a plu la nuit dernière. Les branches de plusieurs arbres ploient et traînent sur le sol leurs longs doigts humides. Devant le portail entrouvert, les chats font demi-tour et retournent vers la maison. Lâcheurs !

Ils te mettent en garde :

— On ne va pas plus loin.

— De toute façon, cette route ne va nulle part.

Le Château est à moins d'un kilomètre et il te faudra marcher deux kilomètres de plus pour atteindre le village. Des bosquets s'agitent au bord de la route et une pluie fine commence à tomber. Tu marches d'un pas confiant. Tu sais que tu touches au but : si Kafka y a bel et bien séjourné, quelqu'un au Château saura t'en fournir la preuve d'une manière ou d'une autre.

Tu ne croises pas le vieil homme et le grand chien noir qu'Alya a vus sur cette route il y a des années et tu ne peux t'empêcher de penser qu'ils sont sans doute, malgré leur prodigieuse vélocité, depuis longtemps morts et enterrés. Tu ne traverses aucun miroir. La fissure entre les mondes est partout, mais elle ne s'ouvre pas.

Combien y a-t-il de dimensions repliées sur elles-mêmes ? Tu ne saurais le dire. Tu demeures cet observateur impartial d'une réalité qui te dépasse ; tu avances dans l'air vif du matin et les rafales humides. Tu ne te poses pas trop de questions. C'est fatiguant, les questions.

Le Château d'Alteville se dresse à une vingtaine de mètres de la route départementale 199. C'est une grande maison de ferme couverte d'un lierre têtu. Dans la vaste cour du Château, personne.

Troublé par l'ambiance du lieu tout autant que par la perspective d'obtenir enfin des réponses à tes questions, tu frappes à la porte principale et tu attends. La femme qui vient ouvrir au bout d'un moment semble sortir tout droit d'un conte de Perreault. Tu ne serais pas étonné de la voir enfourcher son balai et s'envoler illico.

— Vous avez réservé ?

— Non, je suis dans la région pour effectuer des recherches et j'aimerais parler au propriétaire.

— Vous n'avez pas réservé ?

— Non, je… vous êtes la propriétaire ?

— Vous auriez dû réserver.

— Oui, je sais… enfin, non… je l'ignorais, mais…

— C'est fermé.

— D'accord, mais…

— La prochaine fois, faites une réservation.

Sur quoi la mégère te claque la porte au nez. Tu n'en reviens pas. Des milliers de kilomètres pour en arriver là. C'est un peu comme d'avoir été éjecté d'un avion à réaction sur le point de passer à Mach deux : pendant un instant, tu restes suspendu dans le vide ; le silence a l'épaisseur de l'éternité, sa densité. Dans les secondes qui suivent, tu tombes. Tu n'en finis plus de tomber.

Abasourdi, tu songes qu'au début du siècle dernier Kafka n'aurait sans doute pas été accueilli autrement. Pauvre Kafka, toujours rejeté hors du monde auquel il aurait tant voulu appartenir, incapable d'atteindre le château ou de discerner le mystérieux pouvoir à l'œuvre à l'intérieur de ses murs.

Stanislas de Guaïta se cache quelque part derrière ces épais murs de pierres. Dans son immense bibliothèque bourrée de livres aux titres étranges et inquiétants, il ricane. Il se moque de toi comme il se serait sans doute moqué de Kafka il y a près d'un siècle : « La route s'arrête ici. Il n'y a pas moyen d'aller plus loin ! »

Le crachin a subitement cessé. Tu reviens vers la route départementale 199 et tu tournes à gauche, en direction du village de Tarquimpol désormais si proche mais qui ne représente plus rien et c'est comme si tu l'avais toujours su. La route est sous tes pas, elle fait un petit bruit de succion chaque fois que tu soulèves un pied pour avancer. Le brouillard se lève péniblement, un peu comme si le vent s'était avoué vaincu et qu'il en était demeuré captif. C'est une brume pesante. Du gros gibier pour ce léger vent d'ouest.

Tu touches au but, mais ton objectif a perdu son sens, à moins qu'il ne soit sur le point d'en acquérir un nouveau. Le village de Tarquimpol est là, tapi sur le bord du Lindre, invisible lui aussi derrière un ciel si bas qu'il semble chercher à s'y noyer. Tu t'immobilises un instant au bord du chemin. Mirella a sans doute choisi ce point de vue pour peindre le cendrier demeuré à Soyons. À ta droite, tu aperçois le clocher de l'église, coiffé d'une invraisemblable horloge et d'une girouette. Il ressemble, en effet, bien davantage à un silo à grains qu'à un clocher. Tu t'engages dans ce qui semble être la dernière grande courbe avant l'entrée du village. Pendant un moment, tu es tenté de piquer à travers champs en direction de l'église – de trabouler, comme dirait Alya ; mais la parcelle de terre qui s'étend devant toi ne t'inspire pas tellement : tu crois que le sol doit y être boueux et tu es chaussé de l'unique paire de runnings que tu possèdes en ce monde.

Tu tergiverses en marchant. Peut-on vraiment aimer plus d'une personne à la fois ? Tu crois que oui. Pourquoi pas ? L'amour serait-il divisible ? Nous aurions une réserve d'amour bien définie à offrir et du moment qu'on se sentirait bien dans les bras de quelqu'un, il faudrait consacrer cent pour cent de ce petit capital de tendresse et d'affection à cette personne, sans quoi elle se sentirait malheureuse, délaissée, lésée ? Tu penses à Alya et René, à la chance inouïe que vous avez, tous les trois, de vivre cet amour monstre au grand jour. L'amour ne se distribue pas en rations. Plus on aime, plus on est aimé. Plus on est aimé, plus on aime. C'est tout. C'est une évidence scientifique.

L'amour ne se met pas en boîte, dis-tu à haute et intelligible voix, mais pour le seul bénéfice de quelques oiseaux.

La route serpente au milieu des marais qui entourent le Lindre et, de temps en temps, un oiseau aux ailes effilées passe au-dessus de ta tête en braillant. Peu importe. Tu avances.

Tu dois être à moins de cinq cents mètres du village. Sur ta droite, tu aperçois quelques bâtiments de ferme débraillés. Tu t'immobilises devant le panneau signalétique qui se dresse devant toi :

T A R Q U I M P O L

C'est bête, mais c'est réel. L'illumination se produit : chacune des lettres tombe miraculeusement dans la bonne case. Il suffisait que tu le voies de tes propres yeux pour commencer à y croire. Depuis le début, Tarquimpol n'aura donc jamais été autre chose qu'une anagramme ? Une anagramme qui t'aurait été destiné, à toi, pauvre abruti d'illettré ? Et pour te dire quoi ? Que tout est lié ? Que Kafka n'a jamais mis les pieds à Tarquimpol, mais qu'il était bel et bien polyamoureux, comme tu le soupçonnais ? Que Stanis est un sacré farceur et que le Château d'Alteville ne proclame rien d'autre qu'un percutant : « Halte-là ! »

La dernière année, tu l'as consacrée à Kafka. Tu l'as fréquenté dans les brasseries enfumées, tu l'as suivi dans les bordels, tu as refait cent fois le trajet de ses voyages, l'itinéraire de ses maladies, la cartographie de ses amours, l'inventaire de ses démons. Tu réalises à quel point ta quête a été et demeure futile. Tu te sens dans l'obligation d'admettre que tu t'es fourvoyé dès le départ et que tu as erré sur de fausses pistes. Cette photographie de Kafka devant le Château d'Alteville n'a sans doute jamais existé et il n'y a certainement jamais séjourné, pas plus que Brod. Tout se passe comme si Kafka s'était foutu de ta gueule depuis le début. Tu l'imagines très bien, debout dans un coin de la pièce, un sourire narquois peint sur ses lèvres fines.

Et que disent mes lèvres ?

Que cette histoire à propos de Kafka s'égarant à Tarquimpol n'ait jamais eu le moindre fondement et que l'idée même d'une photographie de lui prise devant le Château d'Alteville se soit révélée n'être qu'une légende familiale, voilà certainement ce dont tu aurais dû te douter dès le début. Ce qui devrait t'étonner, c'est que tu aies pu, pendant tout ce temps, tâtonner dans le vide et chercher à côté de la vérité sans jamais rien voir de ce qui crevait pourtant les yeux :

T   P O L I   A M Q U R

Il n'y a que le Q qui cloche dans cette anagramme presque parfaite. Le Q au cœur de l'amour ? Le Q... Le K... Il semble bien qu'une fréquentation assidue et prolongée de Kafka ne soit pas sans conséquence et qu'elle ait entraîné quelques inévitables modifications dans ta façon de voir le monde, de t'y associer ou de t'en dissocier, jusque dans cette manière un peu brusque de rejeter les épaules en arrière et, simultanément, de pencher la tête de côté, ou dans cette manie de t'accrocher à une phrase ou à un simple mot comme à une bouée, pas même une bouée véritable, mais le souvenir d'un sauvetage improbable sans cesse retardé par de nouvelles formalités administratives.

Découvrir devant soi l'impossibilité de la mort et se souvenir que le sourire sarcastique du docteur Franz Kafka a encore une chance de vous sauver lorsque plus rien d'autre ne le peut. Tu sais que le mystère, loin d'être résolu, prend une dimension quasi mystique.

Tes pieds refusent de te porter plus loin. De la poche de ta veste, tu tires le petit appareil photo jetable que tu as apporté et tu prends quelques instantanés du panneau signalétique. Tu es bien certain que ce voyage était nécessaire. Tu penses que sans ce parcours harassant, le nom du mythique village de Tarquimpol serait à jamais demeuré, pour toi, cette espèce de charade incompréhensible.

Le village n'est plus qu'à quelques pas. Tu distingues très bien les toits de tuiles rouges et les antennes paraboliques branlantes. L'horloge du clocher indique seize heures vingt. C'est impossible.

Si près du but, tu sais maintenant que tu n'iras jamais à Tarquimpol.

Ma cendre sera plus chaude que leur vie.

Joséphin PELADAN

Quand tu es descendu du train, hier soir à Valence, ils t'attendaient tous sur le quai en brandissant des pancartes : « Bienvenue à l'inspecteur Kafka ! L'enquête Tarquimpol suit son cours ! »

Bande de tarés. Ils se sont bien foutus de ta gueule.

Tout le monde était là : Alya, René, même ton fils Richard avait daigné mettre sa console de jeux vidéo de côté pour venir t'accueillir. Mais la cerise sur le gâteau, c'est que Laurie et Li Wei étaient aussi de la fête. Arrivées la veille, elles avaient tenu à te faire la surprise. Et quelle surprise !

Aujourd'hui, quelque chose a changé, mais ils ne t'ont pas dit quoi. Tu as ton opinion là-dessus : c'est fatiguant de toujours vivre maintenant, tout de suite.

Laurie disait vrai : une aura de noblesse et de force contenue émane de Li Wei. Et sans qu'il te soit possible d'expliquer le pourquoi du comment, tu n'as pas mis plus d'une nanoseconde à comprendre, en la voyant, que la description faite par Laurie ne lui rendait pas justice.

Si, en ne se référant qu'à certains critères de beauté, on peut estimer que Li Wei n'en est pas vraiment une, son visage distille malgré tout un curieux mélange magnétique de naïveté et de malice.

Une formule explosive.

Les joues saillent avec beaucoup de conviction dans ce visage légèrement asymétrique et, contrairement à celles de la majorité des femmes asiatiques, elles ne semblent pas assez rondes. Des lèvres plutôt fines dispensent en permanence un sourire franc et généreux ; mais c'est le sourire de quelqu'un qui n'a pas tellement eu d'occasions de se réjouir jusqu'à maintenant. Un sourire de nouveau-né. Elle a un corps effilé et, bien qu'elle soit à peine plus grande qu'Alya, elle semble onduler comme un serpent. Chacun de ses mouvements suggère qu'elle s'enroule autour d'elle-même ou qu'elle pourrait disparaître juste comme ça. Psch !

Elle arbore une chevelure si longue, si noire et si abondante qu'il faut prendre garde de s'y perdre. C'est bien elle, la femme-serpent de ton rêve, l'initiatrice. Li Wei, charmante fleur de lotus à la peau douce et cuivrée, aux pétales tatoués d'idéogrammes, assise sous la véranda tandis que tu écris ces lignes. Li Wei que tu ne saurais décrire, pour l'instant, qu'en évoquant une manifestation de Kwan Yin, la déesse chinoise souvent représentée dans la pose qu'elle vient de prendre : la main gauche ouverte et posée à plat sur le sol, la jambe gauche repliée sous la fesse droite, le pied droit fermement planté en terre, l'avant-bras droit posé sur le genou, la main désignant le centre de la terre avec un détachement sublime. Li Wei, révélation soudaine qui, en une seule nuit de pure magie, vous transforma tous en dragons de feu, juste avant de vous rendre à la mer.

Tu sais que le rire de l'homme le plus innocent et le plus frêle peut déclencher une avalanche. Il a suffit qu'elle se tourne vers toi et que vos regards se croisent pour que vous saisissiez tous les deux la signification de cet instant : la tribu était née.

Bien plus tard, elle t'écrira :

T'en souviens-tu ? C'est toi qui, le premier, m'a demandé : « Est-ce qu'Alya te plaît ? » J'ai répondu : « Me plaire ? Le mot est faible », et c'était – tu me l'as appris – la réponse de Josef K à Leni dans *Le procès*. Je suis restée là, bouche bée, à me demander si je n'étais pas en train de rêver parce que depuis la première seconde, c'est vrai, je vous désirais follement tous les deux. Alya surtout, sa voix rauque, ses petites mains aux veines saillantes et bleues, sa démarche de chien d'arrêt. Tout en toi me plaisait aussi : tes élégances de chat de gouttière, tes flèches lancées sans aucun discernement, la franchise de ton regard. Je sais. Je suis entrée dans vos vies tel un météore. J'aimais de vous deux jusqu'à cet amour monstre qui me serait un délectable poison et j'ignorais surtout le délicieux antidote qui ferait de nous tel fabuleux dragon, telle fontaine de jouvence, telle assemblée de sages enfiévrés et nus dans les bras de l'aube. L'amour, tu ne sais peut-être pas ce que c'est. Mais le bonheur, ça oui !

L'action se déroule donc au début du siècle, à Soyons. Sur la véranda. Sous la glycine. Dans le hamac. Une conception granulaire du temps s'impose tandis que les onze ou vingt-six dimensions s'enroulent sur elles-mêmes et s'ouvrent une à une.

René propose d'aller chercher de la bière et du vin à la station Total.

« Attention, René ! Du moment qu'on sort de chez soi, tout peut arriver », lui lance Li Wei.

« Et c'est toujours ce qui arrive de toute façon ! », rétorque René avant de disparaître au bout de l'allée dans sa Trafic rouge.

Peu de temps après son départ, les filles ont commencé à s'échauffer. Li Wei, la première, a fait montre d'audace en embrassant Alya sur la bouche. Elle n'a pas du tout eu l'air surprise et s'est abandonnée aux lèvres de la jeune Chinoise. C'est Laurie qui, plutôt pour prolonger ce baiser que pour l'interrompre, a pris la petite main d'Alya dans la sienne et l'a entraînée vers la chambre, immédiatement suivie de Li Wei qui, juste avant de refermer la porte, t'a gratifié d'un sourire complice qui devait à peu près signifier : « Tout va bien aller. »

René a rappliqué trente minutes plus tard avec le ravitaillement : de la bière, du vin, du saucisson sec et des fromages. Assez pour soutenir un siège de plusieurs jours. Il n'a pas mis bien longtemps à comprendre ce qui se passait. Des éclats de rire et des exclamations de joie gourmande émanaient de la chambre. Il a décapsulé une bière et te l'a tendue, puis il en a ouvert une pour lui. Il s'est assis à côté de toi et vous êtes restés là sans rien dire, à jouir d'un monde baigné de lumière, à souhaiter que ça ne s'arrête jamais.

Au bout d'un long moment, René t'a demandé :

— Tu crois pas qu'on devrait les rejoindre ?

— On a tout le temps.

Pokeshaw

De temps à autre, les Quatre Vents rendent visite à l'auteur dans son réduit. Leurs propos enjoués et la légèreté de leurs jeux divertissent l'auteur de sa tâche, qu'il juge tout à coup bien frivole en regard des travaux de l'amour. Pour venir rejoindre l'auteur, les Quatre Vents n'empruntent jamais le tunnel mal éclairé auquel les autres visiteurs doivent s'astreindre. Les Quatre Vents entrent ici comme dans un moulin et l'auteur n'est pas plus en mesure de dire comment la chose est possible, que de préciser la nature de ce phénomène. L'auteur dirait peut-être qu'il s'agit de puissants sortilèges lancés aux Quatre Vents ; mais pour l'instant, il ne dit rien. Il se concentre sur le chant d'amour des grenouilles qui copulent frénétiquement dans l'étang proche. Il ne va jamais jusqu'à l'étang, jugeant que ce ne serait pas convenable pour un auteur, mais il écoute très attentivement le chant nuptial des grenouilles et ça le rassure un peu de savoir qu'elles aussi font leur travail consciencieusement.

Les Quatre Vents s'installent parfois et ce sont alors nuits d'orgies et sublimes abandons dans le réduit de l'auteur. Il est alors bien difficile de refermer la trappe, tant les Quatre Vents se déchaînent et soufflent et vrombissent et s'aiment.

Peu après, tout rentre dans l'ordre et l'auteur se remet au travail sur un petit air d'accordéon et il se dit qu'il a bien de la chance d'être l'ami des Quatre Vents.

Théoriquement, il existe une possibilité de bonheur parfait : croire à ce qu'il y a d'indestructible en soi et ne pas s'efforcer de l'atteindre.

Franz KAFKA

Tu as écrit *Pokeshaw* sur la couverture du second cahier. C'est également l'inscription que l'artisan a gravée sur la base du modèle de voilier sculpté dans du bois de grève et posé devant toi sur ta table de travail. Tu reviens de Pokeshaw où tu as séjourné pendant quelques semaines et où tu as d'excellentes raisons de croire que Kafka n'a jamais mis les pieds, parce que contrairement à Lindbergh, il n'a jamais traversé l'Atlantique.

Tu es à Montréal, P.Q.

Pokeshaw n'est même pas un bled du coin. Situé bien plus au nord. En Acadie, pour être précis. On t'avait dit que c'était un lieu de villégiature vraiment très apprécié et on ne s'est pas foutu de ta gueule : les falaises de Pokeshaw dominent les eaux calmes de la Baie des Chaleurs et, très souvent, le brouillard

223

recouvre ciel et mer d'un même geste large et magnanime.

Voilà déjà une bonne façon d'expliquer l'attraction que tu éprouves pour cet endroit, mais en voici une seconde : le bout du monde – *iousque mâme les maringoins r'virent de bord*, selon une expression chère aux Acadiens de la péninsule – se trouve à quelques kilomètres seulement de ce village, à la pointe de l'Île Miscou. La route 113 s'arrête là. Il n'y a pas moyen d'aller plus loin. À moins, bien sûr, de continuer à la nage ou à bord d'une quelconque embarcation.

Le voilier miniature posé devant toi sur ta table de travail n'irait sûrement pas beaucoup plus loin que le bout du monde, mais tout de même : il flotte. Tu as tenu à t'en assurer avant de l'offrir à Richard. Il flotte et peut-être irait-il bien plus loin que le bout du monde si quelqu'un le lui permettait, mais il reste sagement posé devant toi sur son petit piédestal en bois d'érable. Il est équipé d'une quille superbe, très lisse et faite pour fendre l'eau ; mais il a le mal de mer, tout comme toi, et ses voiles ont l'air d'être faites de papier cul. C'est un voilier neurasthénique, dis-tu, qui ne verra sans doute jamais l'océan. Quatre petites vis lui tiennent lieu de bornes d'arrimage, mais tu es sceptique – on le serait à moins –, car ce voilier, pourtant conçu pour aller plus loin que le bout du monde, n'a pas de gouvernail. L'artisan a commis une faute grave en oubliant cet élément essentiel. Sans gouvernail, en effet, où ce voilier irait-il ? « Partout ! », dis-tu dans un souffle avant de te lever pour aller contempler, de ta fenêtre, la ruelle qui s'étire derrière la poissonnerie et de laquelle émane aujourd'hui de forts relents d'abats de poissons parce que c'est le jour de la collecte des ordures.

Tu ne sors jamais ces jours-là.

Tu voudrais peut-être en finir avec les poissonneries, avec toutes les poissonneries et tous les poissons, mais ce n'est pas vraiment ça. La révolution va devoir attendre encore un peu. Tu crois surtout qu'il est essentiel de comprendre pourquoi tu en es venu à écrire *Pokeshaw* sur la couverture de ce cahier et pourquoi tu as finalement adopté le dicton si royalement barbant de ton vieil ami : « La vie est pleine de surprises ». Parce qu'elle l'est.

Tu sembles moins confus que tout à l'heure. Tu relèves lentement la tête. Une étrange lueur de défi éclaire maintenant ton regard.

Tu es donc de retour à Montréal. Où rien ne change, où rien n'a véritablement changé depuis cent cinquante millions d'années et des poussières.

Cinq minutes, tu te demandes ce que tu fous là. Cinq minutes après, tu es ravi d'assister à l'inépuisable spectacle du ciel et des rues, d'entendre la rumeur du monde, la pulsation géologique d'un million d'êtres. L'Amérique te reçoit toujours sans heurt. Il y a toujours une odeur à rattraper. Une impalpable filiation, même avec l'air que tu respires. Pourtant, tu te sens seul.

Heureusement, l'appel de la tribu ressemble à s'y méprendre au cri de la crevette. C'est un appel silencieux répercuté à travers les sept mers. C'est aussi simple qu'un message Internet. Il t'a suffi d'écrire à Alya et René, demeurés à Soyons ; puis à Laurie et Li Wei, quelque part en Indonésie. Trois semaines plus tard, toute la tribu rappliquait. Tu as emprunté la camionnette d'un copain et vous avez mis le cap sur l'Acadie.

À Pokeshaw, vous vous êtes arrêtés à l'Auberge du Navigateur, tenue par un certain Alberto Scapini. Celui-ci n'a pas mis plus d'une minute à comprendre, en vous voyant débarquer tous les cinq, qu'il vous faudrait la plus grande de ses chambres. Vous avez démonté les lits et installé les deux matelas doubles à même le sol. Côte à côte.

Alberto Scapini est un homme sage, très sage.

Aujourd'hui, tu retranscris tes notes de voyage dans ce cahier :

Le soleil se couche sur la Baie des Chaleurs et vous êtes sur la route depuis l'aube, mais le vrai voyage ne fait peut-être que commencer. L'Auberge du Navigateur s'élève au milieu de bateaux de pêche dépenaillés qui semblent avoir été portés au sommet de la falaise par un tsunami. Les navires tournent le dos à la mer, un peu comme si la vague les avait déposés là, en ordre de bataille, par pure forme. C'est l'un de ces jours ensoleillés où tout peut vous paraître facile et sans conséquence. Il y a bien ce petit vent fou qui chatouille vos nerfs ; mais si vous parvenez à en faire abstraction, tout se passera bien.

Vous irez demain à l'Île-aux-oiseaux. Là ou ailleurs, car rien n'a tellement d'importance. Pourvu que le soleil et la mer vous anéantissent et que, pour votre plus grand bonheur, le ciel vous recouvre. Vous ne direz presque rien, tant les mots vous paraîtront superflus, et peut-être que là, sous les falaises, au milieu de l'incessante rumeur des vagues, vous aurez réponse à tout.

Pour l'instant, les reflets dorés du soleil sur la mer vous suffisent. Le soleil disparaît à l'horizon et vous ne pouvez vous empêcher de penser que, sans le savoir, quelqu'un quelque part l'observe pour la toute dernière fois.

Toute pudeur vous a abandonnés. Ne reste que l'amour : aimer l'amour de l'être encore plus que l'être aimé. Ces nuits de folles caresses, perdus puis retrouvés dans les bras de la tribu, vos corps soudés dans une étreinte sulfureuse, vous laissent criblés de plaisir, ravagés de bonheur et dévastés d'amour.

Peut-être leur feras-tu la lecture tout à l'heure, et peut-être qu'Alya, en t'écoutant, t'adressera ce regard de connivence que tu lui connais et auquel tu réponds toujours par une grimace. Peut-être René tirera-t-il une bouffée de sa cigarette avec l'air pénétré de celui qui voit partout des signes. Peut-être que Laurie aura pour Li Wei ce regard plein de tendresse auquel elle répondra par un long french kiss.

Oui. Peut-être que ça ne sert à rien de vouloir tout dire. Peut-être que tout ne sera dit que lorsque vous aurez tout oublié.

Vous n'aurez rien à ajouter. Si ce n'est que la stupéfiante beauté du monde inspire une infinie tristesse à ceux qui ont compris qu'ils allaient devoir la quitter.

L'auteur aura donc été retrouvé dans cette position : crispé sur le bout de sa chaise. Il ne se sera jamais suffisamment approché de la fenêtre pour apercevoir cette lueur au bout de la ruelle. Il aura cru, peut-être, la voir un court moment se répandre, timide, et contrarier la nuit de sa faible résistance ; mais s'il la devina au loin, si une espérance déraisonnable lui permit d'imaginer que cette lueur blafarde éclaira véritablement ne serait-ce qu'une infime partie de son univers, rien ne l'incita jamais à croire qu'elle persisterait, ni que la nuit aurait raison d'elle.

L'émotion aura-t-elle été trop vive ? L'excitation mortelle ?

On peut imaginer n'importe quel scénario, le résultat demeure le même : on ne devrait pas s'attendre à ce que l'auteur réponde à son courrier cette semaine.

Ni la semaine prochaine.

Révision : Sophie Voillot
Composition et infographie : Isabelle Tousignant
Conception graphique : Antoine Tanguay

Diffusion pour le Canada : Gallimard ltée
3700A, boulevard Saint-Laurent, Montréal, QC, H2X 2V4
Téléphone : (514) 499-0072 Télécopieur : (514) 499-0851
Distribution : SOCADIS

Diffusion pour la France et la Belgique :
DNM (Distribution du Nouveau-Monde)
30, rue Gay-Lussac, 75005, Paris
France
site : http://www.librairieduquebec.fr
Téléphone : (33.1) 43.54.49.02 Télécopieur : (33.1) 43.54.39.15

Éditions Alto
577, rue Lavigueur, # 2
Québec QC
G1R 1B7
www.editionsalto.com
www.sergelamothe.net

ACHEVÉ D'IMPRIMER
CHEZ MARQUIS IMPRIMEUR INC.
CAP-SAINT-IGNACE (QUÉBEC)
EN FÉVRIER 2007
POUR LE COMPTE DES ÉDITIONS ALTO

Ce livre est imprimé sur du papier enviro crème 100 % recyclé.

Dépôt légal, 1ᵉʳ trimestre 2007
Bibliothèque nationale du Québec